LE
CARR

WIS
OLL

ALICE NO PAÍS DAS MARAVILHAS

tradução de

MARIA CRISTINA GUIMARÃES CUPERTINO

apresentação e notas de

FÁTIMA MESQUITA

ilustração de

PEDRO NEKOI

PANDA BOOKS

Direção editorial **Marcelo Duarte, Patth Pachas e Tatiana Fulas**
Gerente editorial **Vanessa Sayuri Sawada**
Assistentes editoriais **Henrique Torres e Laís Cerullo**
Assistente de arte **Samantha Culceag**

Coordenação da coleção **Fernando Nuno e Silvana Salerno**
Design **Casa Rex**
Ilustração **Pedro Nekoi**
Revisão de tradução e preparação **Dan Duplat**
Revisão **Nana Rodrigues e Capitu Escobar de Assis**
Imagens p. 1 **Lewis Carroll © Oscar Gustave Rejlander/Wikimedia Commons/domínio público**
p. 97 **grifo © John Tenniel. *In*: CARROLL, Lewis. *Alice's Adventures in Wonderland*. London: Macmillan, 1865. p. 138.**
Impressão **Ipsis**

CIP-BRASIL. CATALOGAÇÃO NA PUBLICAÇÃO
SINDICATO NACIONAL DOS EDITORES DE LIVROS, RJ

C313a
Carroll, Lewis, 1832-1898
Alice no País das Maravilhas / Lewis Carroll; tradução Maria Cristina Guimarães Cupertino; apresentação e notas Fátima Mesquita; ilustração Pedro Nekoi. – 1. ed. – São Paulo: Panda Books, 2024. il.; 23 cm.

Tradução de: *Alice in Wonderland*
ISBN: 978-65-5697-360-9

1. Ficção. 2. Literatura infantojuvenil inglesa. I. Mesquita, Fátima. II. Cupertino, Maria Cristina Guimarães. III. Nekoi, Pedro. IV. Título.

24-91646 CDD: 808.899282
CDU: 82-93(410.1)

Meri Gleice Rodrigues de Souza – Bibliotecária – CRB-7/6439

2024

Um selo da Editora Original Ltda.
Rua Henrique Schaumann, 286, cj. 41
05413-010 – São Paulo, SP
Tel./Fax: (11) 3088-8444
edoriginal@pandabooks.com.br | www.pandabooks.com.br
Visite nosso Facebook, Instagram e Twitter.

APRESENTAÇÃO

SOPA IMORTAL DE LETRINHAS NÍVEL HIGHLANDER MASTER

Então, aqui está você, decidida(o) — ou ao menos tentada(o) — a ler um clássico, um conjunto de palavras e ideias que um belo dia saiu da cabeça de uma escritora ou de um escritor e que vem vindo, ano após ano, enredando leitores de todo tipo, de toda idade, de toda língua, de toda natureza. O que você tem nas mãos — se liga — já é só por isso um tesouro, porque, quando você mergulha na trama e no drama de um clássico, está participando de uma experiência coletiva inacreditável. Sente o poder?

Pois os clássicos são isso mesmo: são puro poder. Eles são o que fica, o que não se apaga, não se deleta, e a gente logo detecta que, vira e mexe, eles se esticam, crescem, muitas vezes virando filme, influenciando novos autores, roteiristas, letristas de música, poetas, autores de novelas, conversas de boteco e muito mais — sim, porque às vezes eles influenciam até a maneira como a gente vê o mundo, como se comporta nele... É um poder cósmico e concentrado aí numa sopa imortal de letrinhas nível *highlander master*! Bora encarar?

Ah, eu entendo. Às vezes a linguagem é tão estranha que a gente tropeça e cai de boca na preguiça. Outras vezes, o desânimo vem de trechos de descrição sem fim, ou uma cuspição de referências que cansam, umas trancas chatas, viu? E é verdade: tem uns períodos do passado escrito da nossa história em que as pessoas pareciam bater palma e passar pano direto pra isso na literatura.

Mas imagino cá com minhas teclas que você tenha uma cabeça aberta, certo? Então, escancara mesmo, se deixe levar por países, cidades, tempos, costumes, leis, tradições, sabores e amores tão distantes da gente, mas tão pertinho da nossa humanidade. Se larga aí num canto gostoso, se esparrama num sofá, ou cava espaço no aperto do trem, no sacolejo do ônibus, na zoeira do metrô e mergulha no classicão que aqui está. Você irá automaticamente adentrar uma *rave* de milhões de almas, de agora e do passado, que já curtiram o que você está prestes a decodificar neste instante. E deixe com os beques aqui a defesa da sua sanidade, porque a gente incluiu nestas páginas uma montanha de comentários que vão facilitar sua leitura, esclarecendo palavras, revelando contextos e tretas variadas — e várias vezes até abrindo novas portas para outras curiosidades que têm a ver com a história. E tudo isso com um bom humor danado! Então seja bem-vinda(o) à nossa coleção de clássicos internacionais: mete os peitos, *pow*!

ALICIAMENTO DE LEITORES

Um dos significados de aliciar é seduzir. E – meus sais! – essa *Alice no País das Maravilhas* faz isso mesmo... Do começo ao infinito, o livro seduz a gente a virar as páginas e seguir em frente com alegria, sem parar, num só gole. E, quando a leitura termina, fica ainda preso nas entranhas do cérebro, marcando presença na maneira como a gente passa a ver o mundo. É que a linguagem, o estilo, os personagens e o destino do enredo, tudo vem cheio de camadas secretas de brinde. São pegadinhas, trocadilhos, brincadeiras que fazem o livro crescer, ganhar outras dimensões e encantos, surpreender.

Agora, tudo isso faz com que o conteúdo dessa *Alice* possa nos levar por mil estradas. Tanto que, por sinal, há interpretações psicológicas, matemáticas, alucinógenas, históricas, políticas, filosóficas e até, digamos, patológicas do que um dia o Lewis Carroll escreveu. Mas talvez o que de mais especial as pessoas do século XIX sentiram primeiro sobre essa criação foi que o autor abria ali uma nova via. Porque a literatura infantil antes da *Alice* era muita lição de moral, e é o Carroll que transforma o livro, de repente, em brinquedo pro cérebro e pro coração, ao abraçar a ideia de diversão e dar cordas à imaginação. Portanto, mesmo com toda e qualquer interpretação cabeçuda ou cabeluda que a gente possa ter, a grande viagem aqui é deixar rolar o prazer de se maravilhar de boa, de se deixar seduzir por essa *Alice* e esse Carroll.

MEADA-MARAVILHA

Mas que trama a gente tem quando tudo é *nonsense*, absurdo? A meada é esta aqui, ó: Alice é uma menininha que teve um sonho *mucho loco* durante uma preguiçosa soneca da tarde num jardim da casa dela lá na Inglaterra do século XIX. Nesse cochilo, ela seguiu um Coelho Branco por um buraco e despencou noutro mundo, onde encontrou um monte de situações estrambóticas, além de desafios como mudanças de tamanho a torto e a direito e a necessidade de se adaptar a costumes, regras e uma linguagem que ela não compreende de todo.

E aí a Alice nos carrega por essa terra coalhada de estranhos encantos que vêm prendendo a atenção de leitores como você e eu há nada menos que cento e cinquenta e tantos anos – entre chapeleiros loucos, bebês que viram porcos, tartarugas que choram, lagostas que dançam, lagartas que fumam, figuras míticas, cartas de baralho que falam, um chá da tarde eterno, uma partida de croqué com um monte de flamingos e porcos-espinhos, um julgamento desregrado e uma rainha que toda hora fala que vai mandar cortar a cabeça de alguém, até que, enfim, a menina acorda e a gente guarda para sempre aquela aventura vivíssima dentro da nossa imaginação.

NERD, CRIATIVO, MEIO SURDO, MEIO GAGO

Essa Alice maravilhosa daqui brotou da cabeça de um matemático britânico, craque em lógica, nascido em 1832 e registrado como Charles Lutwidge Dodgson. Charles era um dentre os dez filhos de um reverendo e cresceu no isolamento do interior, onde a sua imaginação ajudava, e muito, a fazer o tempo passar sem tédio. Dois dos seus passatempos preferidos da infância, aliás, eram escrever e inventar jogos – e foram coisas que ele levou consigo pela vida afora.

Outro marco desse período foram as várias doenças com que o corpinho do *nerd* Charles teve que lidar. Uma delas até o deixou parcialmente surdo. Sem falar na ligeira gagueira que o acompanhou a vida inteira e que, com certeza, deve ter sido um prato cheio pra *bullying* na escola, né?

Mas, enfim, ele cresceu e foi parar no Christ College, que é uma faculdade da Universidade de Oxford. A instituição toda é cristã e, por lá, o Charles faturou uma espécie de bolsa pagadora de grana que tinha duas exigências: só valia enquanto a pessoa fosse solteira e era preciso, ainda, estudar e virar pastor. E ele cumpriu à risca os dois requisitos.

ALICIAMENTO DE MENORES?

Enquanto a carreira como professor ia crescendo, Charles também mostrou um talento e tanto em fazer amizades com meninas, e aí ninguém sabe até hoje como encarar isso: era ele um pedófilo ou só um tiozinho legal? Aqui, a coisa fica mesmo uma barafunda.

O primeiro lance é que ele teve várias dessas amizades, e muito especialmente com meninas. Tem gente que acha isso um resultado natural de uma timidez extra-G, associada aos problemas que ele enfrentava com os adultos em relação ao seu jeitão todo de gago, *nerd*, meio surdo, hiperfocado em trocadilhos e brincadeiras lógicas. Mas aí vem o *hobby* dele, que era fotografia, e o mundo de fotos que ele fez de meninas, inclusive nuas. Aí a gente olha as imagens e sente um beliscão de desconforto que escreve lá na parede interna da nossa cabeça: será?

Só que eu vou deixar isso aqui boiando como uma interrogação em negrito acima da cabeça de um personagem de quadrinhos, porque a missão aqui não é fazer um julgamento definitivo do autor. A parada é dar uma geral pra você poder ler a obra com uma almofadinha de contexto pra ajudar. Então, simbora nesse rumo, porque ele tinha como amiguinhas as filhas de um figurão lá da universidade, o Liddell, e, de quando em quando, dava um rolê com elas de barco. Ele e mais um amigo. E o Charles ia pelo caminho inventando histórias que elas curtiam ouvir. Um dia, a Alice Liddell ficou tão doida pela história inventada que pediu pro criador colocar aquilo tudo no papel, pra ela poder revisitar.

ATENDENDO A PEDIDOS

Charles caprichou, e muito, no atendimento daquele pedido, escrevendo, ilustrando, dando um formato de livrinho pra historinha, que já era a maravilhada e maravilhosa *Alice* que aqui está à sua disposição. E, aí, ele foi lá bater na casa da menininha Alice de 10 anos para fazer a entrega da obra. O sucesso foi grande ali naquele endereço.

Acontece, porém, que logo depois o escritor Henry Kingsley fez uma visita aos Liddell, esbarrou no livrinho caseiro e amou o trabalho. O pai das meninas contou aquilo pro Charles, avisando que ele devia pensar seriamente em publicar aquela *Alice*. O autor resolveu, então, conversar cá e lá sobre as possibilidades e se animou a ponto de dar um tapa no texto, descolar um ilustrador profissional e colocar, assim, o livro na praça no final de 1865.

PSEUDOEU

A ideia de escolher um pseudônimo era muito comum. No caso do Charles, havia a coisa da timidez e, ainda, talvez um receio de que aquele livrinho amalucado fosse arranhar a sua carreira séria de matemático, professor e pastor anglicano. Então, ele pegou o próprio nome e o escreveu em latim: Carolus Ludovicus. Na sequência, ele inverteu a ordem dos fatores e deu uma arranjadinha mais à inglesa naquele combinado, chegando, enfim, ao Lewis Carroll que é nosso conhecido.

Como Lewis Carroll, o Charles escreveu um tanto de livros, incluindo *Alice no País das Maravilhas*, *Alice através do espelho*, *Uma história embrulhada*, *A caça ao Snark* e *Algumas aventuras de Sílvia e Bruno*. Já como Charles Lutwidge Dodgson, o Lewis escreveu mais um considerável punhado de livros, entre eles os dois volumes de *Curiosa Mathematica*, *Euclides e seus rivais modernos* e *Lógica simbólica 1* e *2*.

Rico, Charles morreu menos de duas semanas antes de completar 66 anos. Estava aposentado havia algum tempo, foi visitar uma irmã, pegou pneumonia e faleceu por lá, em janeiro de 1898. Com ele, morria o famoso Lewis Carroll, um sujeito cercado de mistérios por todos os lados e que até hoje arrasta uma multidão de fãs para a leitura das suas *Alices*.

É SOBRE ISSO, E ESTÁ TUDO BEM

Talvez você nunca tenha pensado sobre o tema, mas acontece que, quando uma obra é passada de um idioma pra outro, rola uma suadeira de uma equipe grande que fica tentando acertar no ponto exato. É que há sempre na tradução o risco de a gente – o leitor – perder graças, referências, detalhes, rimas, ritmo, belezuras, maldadinhas e outras delícias preparadas pelo autor gringo. E isso vale ainda mais pra esse Lewis Carroll, que era tipo um tiozão do pavê nível refinado, rei de uns trocadilhos bem sacados e cheio de referências à cultura *pop* daquele tempo. E isso não é bolinho de transpor lá da terra dele pra nossa, lá dos 1800 e tantos pros nossos 2000 e vários anos. Então, nós fizemos um bem bolado e foi assim:

Pegamos o original e fizemos uma tradução topzeira, mas metemos ainda um tanto de notinhas revelando a raiz, ou seja, os trocadilhos que o Lewis tinha feito em inglês e que a gente teve que reinventar e adaptar no português. E fizemos isso porque assim dá pra ter uma noção maior do estilo do autor e das coisas que eram relevantes naquela época em que ele escreveu a *Alice*. Pelo mesmo motivo, a gente também decidiu apresentar e traduzir os poemas e as letras tradicionais – e meio bobocas, kkkk – que o próprio Lewis Carroll zoou fazendo paródias e colocando no livro.

E venho cá soprar isso no seu ouvido pra você entender por que a nossa versão dessa *Alice* pode parecer um livro mais gordoto: foi porque ele ficou mesmo mais gostosinho, mais recheado de revelações e curiosidades que você pode até decidir não ler, na boa. E seguir legal. Mas, se lidas, essas infos extras dão um efeito de realidade aumentada, saca? É como se a gente viesse oferecer uma *Alice* turbinada, com mais detalhes exclusivos a cada página, com os detalhes do que motivou o autor a colocar aquilo ali daquele jeitinho. Enfim, é sobre isso, e está tudo bem.

Fátima Mesquita

A
A

A tarde dourada de sol
Traz deliciosa brisa
Pequenas mãos batem os remos
Na água suave, lisa.
Mas cada qual dessas pequenas
Com a pequena voz nos avisa:

É um Trio cruel que nos agita
No meio do sonho bom.
Ameaçam mudar o clima,
Nos perturbam com seu som.
Como fazer para que não
Desafinem o nosso tom?

A Primeira delas ordena:
– Já é hora de começar!
A Segunda, em voz suave:
– Pode até disparatar!
E a Terceira faz um alerta:
– Mas conte a história devagar!

Surge então essa nova história,
E as Três logo se calam.
Vai surgindo um novo País,
Onde até os bichos falam.
Sonho e viagem, ao mesmo tempo,
Muitas invenções embalam.

Numa **tarde de verão** de 1862, o autor e seu amigo Robinson Duckworth saíram de barco num passeio com três filhas de Henry Liddell, especialista em Antiguidade clássica e um figurão na Universidade de Oxford. E, atendendo aos pedidos do trio de meninas, Carroll inventou uma história ali mesmo.

Na época, o sobrenome Liddell era pronunciado como *fiddle* ou *little*, e o autor colocou três vezes, no original em inglês, a palavra *little* (“**pequeno/a/os/as**”, em português), como clara referência às três meninas Liddell neste poema – que é assim, no original: “*All in the golden afternoon/ Full leisurely we glide;/ For both our oars, with little skill,/ By little arms are plied,/ While little hands make vain pretence/ Our wanderings to guide*”.

A **Primeira** é a mais velha das irmãs Liddell, que tem, nesse dia, 13 anos e se chama Lorina Charlotte. A **Segunda** é a do meio do trio de manas, a Alice Pleasance, de 10 anos. E a **Terceira** e última, a caçulinha dessa penca, se chama Edith e tem, na altura, 8 anos de idade. A família Liddell tinha, no total, dez filhos.

Esse é o País das Maravilhas,
Onde um mundo canta e dança.
E mais tarde vamos contar
Como tudo se balança.
– Não! Quero toda a história agora! –
Bate o pé toda criança.

Depois que esse País surgiu,
Devagarzinho, no passo
A passo, este livro se fez.
Não será ele um simples maço
De páginas e de sorrisos:
Será um sonho e um abraço!

Alice, receba esta história
Com toda a sua gentileza.
Guarde-a nos sonhos infantis,
Juntando riso e natureza
Às outras flores da memória,
Com maravilhas e beleza!

Aquele não tinha sido o primeiro passeio dessa turma, nem a primeira vez que Carroll inventava histórias para elas. Mas, dessa feita, **Alice** havia pedido muito que ele colocasse por escrito a que havia inventado no barco. O próprio autor disse que passou a noite toda registrando os detalhes no papel e ilustrando também o enredo. Depois, entregou tudo na casa das meninas, como um presente para Alice. E aquilo virou a primeira versão deste clássico, porque, mais tarde, ele refez e refez o texto até preparar o volume para publicação.

A

NA TOCA DO COELHO

ALICE JÁ ESTAVA CANSADA DE FICAR SENTADA ali no banco, ao lado da irmã, sem ter nada para fazer: ela deu uma ou duas espiadas no livro que a irmã estava lendo, mas viu que não havia ilustrações nem diálogos e pensou: "De que serve um livro sem desenhos nem conversas?".

A menina estava dando tratos à bola (tanto quanto lhe era possível, pois o dia quente a deixava sonolenta e lerda) para descobrir se o prazer de fazer um colar de margaridas compensaria o aborrecimento de se levantar e colher as margaridas, quando, subitamente, um Coelho Branco de olhos cor-de-rosa passou correndo perto dela.

Não havia nada de *muito* notável naquilo; nem Alice achou tão espantoso ouvir o Coelho dizer para si mesmo: – Ah, meu Deus! Ah, meu Deus! Eu vou chegar atrasado demais! – (Mais tarde, quando pensou nisso, ocorreu-lhe que ela deveria ter se espantado com ele, mas na hora tudo lhe pareceu muito natural.) Porém, quando o Coelho *tirou do bolso do colete um relógio* e o consultou para em seguida continuar sua corrida, Alice se pôs de pé num salto, pois de repente se deu conta de que até então nunca havia visto um coelho vestindo um colete com bolso e muito menos tirando do bolso um relógio... E, morrendo de curiosidade, correu pelo campo atrás dele e pôde vê-lo desaparecer dentro de uma grande toca debaixo da cerca.

Alice desceu atrás dele, sem imaginar como faria para sair dali.

No começo, a toca avançou horizontalmente, como um túnel, mas, sem mais nem menos, ele ficou bem íngreme, e tão repentinamente, que ela não teve nem um instante para pensar em parar: logo se viu caindo no que parecia ser um poço muito profundo.

Ou o poço era muito profundo ou ela caiu muito lentamente, pois teve tempo suficiente para olhar à sua volta enquanto descia e pensar no que iria acontecer depois. Primeiro, ela tentou olhar para baixo e divisar o que estava à sua espera, mas a escuridão impediu-a de enxergar o que quer que fosse; então, ela olhou para as laterais do poço e viu que elas estavam tomadas por armários e prateleiras de livros e que havia alguns mapas e figuras dependurados em pinos. De passagem, ela pegou numa das prateleiras um pote com o rótulo – GELEIA DE LARANJA –, mas decepcionou-se muito porque o pote estava vazio; ela não quis soltá-lo, com receio de matar alguém que estivesse lá embaixo, e, assim, conseguiu colocá-lo numa das prateleiras que encontrou ao passar.

"Bom", pensou Alice, "depois de uma queda como essa, eu vou achar uma coisa à toa se cair da escada! Lá em casa, todos irão dizer que sou muito corajosa! Ora!, mesmo que eu caísse do telhado de casa, não acharia nada de mais!". (O que tinha muita probabilidade de acontecer.)

Descendo, descendo, descendo. Será que a queda não acabaria nunca? – Fico imaginando quantos quilômetros já caí até agora – disse Alice em voz alta. – Devo estar chegando perto do centro da Terra. Vejamos: acho que desci uns sete mil quilômetros... – (pois ela tinha aprendido muita coisa desse tipo na escola, e, embora ali onde ela estava não houvesse uma única pessoa para ouvi-la e, por isso, não se pudesse considerar que aquela fosse uma oportunidade muito boa de demonstrar seu conhecimento, ainda assim era bom fazer isso sempre). – ... Sim,

---

A decisão de Carroll de despachar sua Alice para as **entranhas da Terra** tem muito a ver com o folclore inglês, que sempre teve o subsolo do planeta como a morada das suas fadas. Mas a entrada desse mundo secreto tradicional passava pela umidade e pela escuridão dos antigos túmulos, feitos como montinhos, que se espalhavam pela paisagem, muito antes da ideia das covas. Também dá pra adicionar aí uma pitada influenciadora do famoso Inferno criado pelo escritor Dante Alighieri, e também a moda, na época, de visitar e descrever locais exóticos, estrangeiros. E, com o lançamento, em 1864, de *Viagem ao centro da Terra*, do francês Júlio Verne, a gente percebe mesmo que o assunto estava na crista da onda.

Além disso, certas novidades que eram discutidas ou executadas à época tinham tudo a ver com o fundo da Terra. Por exemplo, um túnel de 366 metros de extensão, que havia ficado pronto em 1843, permitia que pedestres de Londres cruzassem o rio Tâmisa por baixo das suas águas. Essa novidade, aliás, fez o Parlamento britânico aprovar a construção do primeiro trecho do metrô londrino. E aqui vale lembrar que o metrô por lá é chamado de *underground*, e que o título original do livro que Carroll entregou para a menina era *Alice's Adventures Underground* [As aventuras subterrâneas de Alice]. Só depois ele trocou *under* [sub, sob] por *wonder* [maravilha] e *ground* [chão] por *land* [terra, país], lembrando que essa maravilha, aqui, quer dizer espanto, assombro.

---

a distância certa é mais ou menos essa... Mas eu me pergunto qual seria a Latitude ou a Longitude... – (Alice não tinha a menor ideia do que seria Latitude nem, tampouco, Longitude; mas eram palavras bonitas e lhe pareceu magnífico dizê-las.)

Então ela continuou. – Será que eu vou cair até atravessar *toda* a Terra?! Como deve ser divertido estar entre as pessoas que andam de cabeça para baixo! Os antipatias, acho que é isso... – (dessa vez ela ficou muito aliviada por não haver *ninguém* ouvindo, pois a palavra não lhe pareceu a correta) – ... mas eu terei de lhes perguntar qual é o nome do país. Por favor, senhora, aqui é a Nova Zelândia? Ou a Austrália? – (E ela tentou fazer uma mesura enquanto falava... Imaginem só, *fazer uma mesura* enquanto se está no ar, caindo! Vocês acham que conseguiriam?) – E que menina ignorante ela vai pensar que eu sou por perguntar isso! Não, não vai dar para perguntar; talvez eu encontre escrito em algum lugar.

Descendo, descendo, descendo. Não havia mais nada para fazer, e, assim, Alice logo recomeçou a falar. – Imagino que, à noite, Dinah vai sentir muito a minha falta. – (Dinah era a sua gata.) – Espero que se lembrem do pires de leite dela na hora do lanche. Dinah, minha querida! Gostaria que você estivesse aqui comigo! Parece-me que não há camundongos no ar, mas você poderia pegar um morcego, que é muito parecido com um camundongo, não é? Mas será que gatos comem morcegos? – E, nesse ponto, Alice começou a ficar muito sonolenta. Continuou falando consigo mesma, numa espécie de devaneio: – Os gatos comem morcegos? Os gatos comem morcegos? – e, às vezes: – Os morcegos comem gatos? –, pois, sem conseguir responder a nenhuma das perguntas, não fazia diferença o modo como as formulava. Ela sentiu que estava cochilando e tinha começado a

Alice, criança, se confundiu e disse "**antipatias**" quando queria dizer "antípodas". Antípoda é quem (ou o quê) está localizado em um ponto diametralmente oposto ao local onde você se encontra – ou, no caso aqui, a Inglaterra, que, na cabeça dela, poderia ser a Nova Zelândia ou a Austrália. Na verdade, no globo terrestre, o ponto exato de oposição a Londres dá na costa da Nova Zelândia, mais ao sul, no mar.

No começo de 1853, a peça *The Wandering Minstrel* [O menestrel andarilho] entrou em cartaz em Londres. Na cena final, o personagem Jem Bags interpretava a canção "*Villikins and his* ***Dinah***" [Villikins e sua Dinah], que descrevia o drama da Dinah, de apenas 16 anos, que preferiu se envenenar a se casar com Villikins, como o seu pai rico havia determinado. A música fez enorme sucesso, com seu vocabulário urbano e cheio de gírias. E a família da verdadeira Alice tinha mesmo dois gatos com nomes inspirados na divertida canção: Villikins e Dinah – às vezes, a grafia surge como Vilekens.

sonhar que estava caminhando de mãos dadas com Dinah e perguntando à gata, na maior seriedade: – Vamos, Dinah, diga a verdade: alguma vez você comeu um morcego? –, quando, subitamente, bum!, ela despencou sobre uma pilha de ramos e folhas secas, e a queda havia acabado.

Alice não se machucou nem um pouco, e se pôs de pé imediatamente, num salto. Ergueu o olhar, porém no alto estava tudo escuro: à sua frente, estendia-se outro longo corredor, e ainda dava para ver o Coelho Branco correndo por ele. Não havia um instante a perder: Alice disparou como o vento, bem a tempo de ouvi-lo dizer, ao dobrar uma esquina: – Pelas minhas orelhas e pelo meu bigode, como estou atrasado! – A menina estava bem atrás do coelho quando ele dobrou a esquina, mas não o avistou mais: ela se viu numa sala comprida e baixa, iluminada por uma fileira de lâmpadas dependuradas no teto.

Havia portas por toda a sala, mas estavam fechadas; depois de percorrer um lado inteiro e voltar pelo outro lado, experimentando todas as portas, Alice caminhou, abatida, pelo meio da sala, imaginando o que faria para sair dali novamente.

De repente, ela se viu diante de uma mesa de três pés, toda de vidro, na qual havia apenas uma minúscula chave dourada, e a primeira ideia de Alice foi que aquela chave devia ser de uma das portas da sala; mas, infelizmente, as fechaduras eram grandes demais ou a chave era pequena demais, não servindo para abrir nenhuma delas. Contudo, ao dar uma segunda volta pela sala, ela notou à sua frente uma cortina baixa que não tinha visto antes. Atrás da cortina, havia uma portinhola de uns quarenta centímetros de altura; ela experimentou a chavinha e, com grande alegria, viu-a girar na fechadura!

Alice abriu a porta minúscula e viu que ela dava para um corredorzinho não muito maior que um esconderijo de rato; ajoelhando-se, ela olhou e, então, viu no fim do corredor o jardim mais encantador que se pode imaginar. Ela queria muito sair daquela sala escura e passear entre os seus canteiros de flores coloridas e as suas fontes frescas, mas não podia enfiar nem mesmo a cabeça pelo portal. "E, mesmo que a minha cabeça *entrasse*, ela não valeria nada sem os meus ombros", pensou a pobre Alice. "Ah, como eu gostaria de que meu corpo pudesse encolher como uma luneta! Acho que eu poderia fazer isso, se soubesse como começar." Pois, como vocês devem ter notado, tantas coisas estranhas haviam acontecido em tão pouco tempo, que Alice havia começado a achar que muito poucas coisas eram realmente impossíveis.

Ela ponderou que não adiantava nada esperar ao lado da porta e, assim, voltou para a mesa com alguma esperança de encontrar outra chave ou, pelo menos, um manual com as regras sobre como encolher pessoas, como acontece com as lunetas. Dessa vez, Alice encontrou ali uma garrafinha ("que sem dúvida não estava aqui antes", pensou ela), e, amarrada ao gargalo da garrafa, havia uma etiqueta de papel com as palavras "BEBA-ME", primorosamente impressas em letras maiúsculas.

Tudo bem dizer "Beba-me", mas a sensata menina Alice não faria *isso* sem pensar. – Não, primeiro vou olhar, e ver se não está escrito "*veneno*" –, disse ela. Pois ela já lera muitas histórias interessantes sobre crianças que tinham se queimado ou haviam sido devoradas por feras, e outras coisas desagradáveis, tudo por não terem se lembrado das dicas simples que seus amigos lhes haviam dado, como, por exemplo, a de que, se você segurar por muito tempo um atiçador de brasas, ele vai queimá-lo; e a de que, se você cortar *muito* profundamente o dedo com uma faca, esse dedo provavelmente vai sangrar; e ela jamais esqueceu que, se você beber uma grande quantidade do conteúdo de uma garrafa onde está escrito "veneno", é quase certo que, mais cedo ou mais tarde, a bebida acabará por não lhe cair bem.

Mas naquela garrafa não estava escrito "veneno", e, assim, Alice arriscou provar um pouco da bebida e, como a achou deliciosa (de fato, seu sabor parecia combinar torta de cerejas com creme de leite, abacaxi, peru

Era comum que os remédios da época fossem assim identificados, apenas com um pedaço de papel amarrado no gargalo. Além disso, as **garrafinhas** costumavam ser fechadas com uma espécie de rolha.

Quem já leu qualquer uma das **historinhas tradicionais europeias** feitas para crianças sabe muito bem do que ela está falando aqui: lobo mau, bruxas ainda piores, pais que abandonam os filhos, madrastas terríveis e muito mais!

Em um tempo em que o aquecimento das casas na Inglaterra era feito por lareiras, as crianças logo aprendiam os perigos, por exemplo, de brincar com o **atiçador de brasas** – um instrumento comprido feito de metal que ajuda a organizar o carvão e, assim, manter o fogo no ponto certo.

assado, bala de caramelo e pão na chapa com manteiga), não demorou nada a chegar ao fim dela.

* * * *
* * *
* * * *

– Que sensação estranha! – disse Alice. – Eu devo estar encolhendo como uma luneta!

E, na verdade, era o que acontecia: Alice estava com vinte e cinco centímetros de altura apenas, e seu rosto se iluminou com a ideia de que seu tamanho agora lhe permitiria transpor a portinha que se abria para o jardim encantador. Primeiro, contudo, ela esperou alguns minutos para ver se iria encolher ainda mais: ela se sentia um tanto nervosa com essa possibilidade, e pensou: "Pois, no final, posso acabar me apagando totalmente, como uma vela. Como será que eu ficaria, nesse caso?". Ela tentou imaginar o aspecto da chama de uma vela quando a vela se apaga, pois não se lembrava de jamais ter visto algo assim.

> A Síndrome de Alice no País das Maravilhas (em inglês, AIWS) é rara, mas leva a **distorções na percepção do tempo e do espaço**, em meio a várias alucinações visuais e auditivas. Em adultos, a causa, em geral, é enxaqueca nível brabo – e isso era uma coisa que o Carroll tinha de sobra. O problema leva muito paciente a achar que enlouqueceu, mas tudo indica que tenha a ver com uns piripaques nas regiões corticais que, juntando vários *inputs*, nos dão a nossa consciência corporal em 3D. O quadro foi apontado, ainda no século XIX, pelo neurologista alemão Hermann Oppenheim, mas só na década de 1950 o neurologista Caro Lippman, dos Estados Unidos, relacionou o que Oppenheim relatou com o que Carroll escreveu, e aí, pouco depois, o psiquiatra inglês John Todd bateu o martelo, batizando de vez a síndrome com o título do livro da Alice.

Depois de algum tempo, vendo que não acontecia mais nada, ela resolveu ir imediatamente para o jardim. Porém, pobre Alice!, ao chegar à porta se deu conta de que tinha esquecido a chavinha e, quando voltou à mesa para pegá-la, percebeu que não conseguia alcançá-la: podia ver a chavinha claramente através do vidro, e fez o maior esforço para escalar por uma das pernas da mesa, mas só conseguia escorregar; e, quando se cansou de tentar, a coitadinha sentou-se e começou a chorar.

– Ora, não adianta chorar! – disse Alice, bruscamente. – Eu a aconselho a engolir esse choro agorinha! – Em geral, ela dava conselhos muito bons para si própria (embora raramente os seguisse) e, às vezes, se repreendia com tanta severidade que seus olhos se enchiam de lágrimas; e ela se lembrava da vez em que tinha dado um tapa na própria orelha por haver trapaceado numa partida de croqué que jogava consigo mesma, pois essa menina original gostava de fazer de conta que era duas pessoas. "Mas não adianta nada, agora, fingir ser duas pessoas!", pensou a pobre Alice. "Com o que sobrou de mim, quase não dá para fazer nem mesmo *uma* pessoa respeitável."

Mas logo seu olhar recaiu sobre uma caixinha de vidro que estava embaixo da mesa; ela a abriu e encontrou um bolinho minúsculo que tinha as palavras "COMA-ME", primorosamente inscritas com groselha. – Bom, vou comê-lo – disse Alice. – Se ele me fizer crescer, conseguirei alcançar a chave; e, se ele me fizer ficar menor ainda, posso deslizar por baixo da porta; assim, de qualquer forma, eu poderei chegar ao jardim, e não vou me importar com o que acontecer!

Ela comeu um pedacinho do bolinho e, ansiosa, pensou: "Para cima ou para baixo?", enquanto mantinha a mão na cabeça, a fim de poder senti-la subir ou descer; e ficou muito surpresa ao ver que continuava do mesmo tamanho. Como se sabe, é isso que geralmente acontece quando comemos bolo; mas Alice havia desejado tanto que acontecessem coisas extraordinárias que lhe pareceu muito bobo e sem graça a vida seguir do jeito comum.

Assim, ela pôs mãos à obra e, em pouco tempo, deu cabo do bolo.

* * * *
* * *
* * * *

O **croqué** é um jogo de precisão que surgiu no começo do século XIX e ganhou certa popularidade durante um tempo na Europa. O campo utilizado é um gramado, onde dois times disputam para ver quem passa primeiro as bolas da sua equipe debaixo de uns golzinhos fincados no chão, seguindo a ordem e a direção corretas. Cada equipe pode ter um ou dois jogadores e possui seu próprio conjunto de bolas e tacos – esses tacos parecem martelos compridos e são feitos de madeira. O jogo é, às vezes, também chamado de toque-emboque.

A groselheira é um arbusto espinhento e bastante comum na Europa. Seus frutos são pelotinhas pequenas que podem ser pretas, brancas ou – as mais famosas – vermelhas. A **groselha** pode até ser comida crua, mas o mais tradicional é vê-las em receitas de tortas, bolos, geleias, xaropes e licor. Aqui, por exemplo, o xarope dela foi utilizado para desenhar as letras.

II

O LAGO DE LÁGRIMAS

– ESTRANHOSÍSSIMO, ESTRANHOSÍSSIMO – gritou Alice (ela estava tão surpresa que até se atrapalhou com a palavra). – Agora eu estou me esticando como a maior luneta que já existiu! Adeus, pés! – (Pois, quando olhou para baixo, lhe pareceu que seus pés já nem eram visíveis, tal a distância em que estavam.) – Ah, meus pobres pezinhos, eu me pergunto quem irá calçar os sapatos e as meias em vocês de agora em diante, meus queridos. Tenho certeza de que *eu* não conseguirei! Estarei longe demais para me ocupar de vocês; vocês terão de se arranjar sozinhos... – "Mas eu preciso ser boazinha com eles", pensou Alice, "do contrário eles talvez não me levem aonde eu quiser! Vamos ver... Posso lhes dar um novo par de botas todo Natal".

E continuou pensando em como iria fazer isso. "Elas precisarão ser levadas por uma transportadora", cogitou ela; "e será muito divertido mandar presentes para os meus próprios pés. E o endereço vai parecer muito estranho!

Ilustríssimo Pé Direito de Alice,
Tapete Felpudo,
Junto da Lareira,
(com beijos da Alice).

Ah, meu Deus, quantas bobagens estou dizendo!".

Exatamente nesse momento, sua cabeça se chocou com o teto da sala: ela estava agora com quase três metros de altura! Ela pegou a chavinha e se precipitou para a porta do jardim.

Pobre Alice! Deitada de lado, olhava com um único olho para o jardim; não podia fazer nada além disso. Passar por ali era mais impossível que nunca; então ela se sentou e voltou a chorar.

– Devia se envergonhar disso – disse Alice –, uma menina do seu tamanho – (e era justo dizer isso) – continuar chorando desse jeito! Pare imediatamente, eu lhe ordeno! – Apesar disso, ela continuou derramando baldes de lágrimas, até que se formou um grande lago em redor, com uns dez centímetros de profundidade, que tomava metade do piso da sala.

Depois de algum tempo, ela ouviu um toque-toque miudinho de passos a distância e enxugou os olhos às pressas para enxergar o que vinha vindo. Era o Coelho Branco que voltava, esplendidamente vestido, com luvas de pelica brancas em uma das mãos e um leque na outra; ele chegou muito afobado, resmungando para si mesmo enquanto se aproximava: – Ah! A Duquesa, a Duquesa! Ah! Ela vai ficar *furiosa* se eu a deixar esperando! – Alice estava tão desesperada que se dispunha a pedir ajuda a qualquer um. Assim, quando o Coelho estava próximo, ela começou a dizer, bem baixinho, com voz tímida: – Por favor, senhor... – O Coelho levou um grande susto, deixou cair as luvas e o leque e desapareceu na escuridão, correndo o mais rápido que conseguia.

A **pelica** é a pele fina e branquelinha de um cabrito ou carneiro.

Alice recolheu o leque e as luvas e, como a sala era muito quente, ficou se abanando sem parar enquanto continuava falando: – Que coisa!... Tudo está muito atrapalhado hoje! Ontem, tudo estava normal. Fico imaginando se durante a noite eu mudei. Vamos pensar: eu era a mesma quando me levantei, de manhã? Quase posso dizer que me lembro de me sentir um pouco diferente. Mas, se eu não sou a mesma, a próxima pergunta é: "Afinal, quem eu sou?". Ah, *esse* é o grande enigma! – E a menina começou a refletir sobre todas as crianças da sua idade que conhecia, para ver se teria sido trocada por uma delas.

– Tenho certeza de que não sou a Ada – disse ela –, pois a Ada tem o cabelo todo de cachinhos muito compridos e o meu não tem nenhum cachinho; está bem claro também que não sou a Mabel, porque eu sei tudo e ela, ah, ela não

Naquela primeira versão deste livro que o Lewis fez e deu de presente para a Alice, **Ada** era chamada de Gertrude e **Mabel** era Florence. Isso porque esses eram os nomes de duas primas reais da menina: Gertrude Frances Elizabeth Liddell e Florentia (Florence) Emily Liddell.

sabe quase nada! Além disso, *ela é* ela e *eu sou* eu, e... Ah, não, que coisa mais confusa! Vou tentar ver se sei todas as coisas que eu sabia. Vejamos: quatro vezes cinco é doze, e quatro vezes seis é treze, e quatro vezes sete é... Que coisa!... Desse jeito nunca vou chegar a vinte! No entanto, a tabuada de multiplicação não significa muita coisa: vamos tentar a geografia. Londres é a capital de Paris e Paris é a capital de Roma, e Roma... Não, está *tudo* errado, tenho certeza! Acho que fui trocada pela Mabel! Vou tentar recitar "Como o filhotinho..." – e, cruzando as mãos sobre o colo como se fosse repetir uma lição, começou a declamar, mas sua voz estava rouca e estranha, e as palavras não pareciam ser as certas, as de sempre:

– Como o filhotinho de crocodilo
Exibe sua cauda bela e brilhante
E se esparrama nas águas do Nilo
Com todo o seu corpo belo e radiante!

Com tanto entusiasmo ele ri,
Enquanto espicha a sua grande boca,
Devorando os peixinhos dali.
E dá a sua gargalhada rouca!

– Não é nada disso, tenho certeza – disse a pobre Alice, e seus olhos voltaram a se encher de lágrimas, que corriam sem parar. – Afinal, eu devo ser a Mabel, e terei de morar numa casinha apertada, sem nenhum brinquedo para me divertir... e com tantas lições para estudar! Não, está resolvido: se eu for a Mabel, vou ficar aqui! As pessoas não conseguirão nada se ficarem lá em cima gritando para mim, aqui embaixo: "Suba, querida!". Eu simplesmente vou olhar para cima e dizer: "Então, quem eu

---

Lembremos que Lewis Carroll é o pseudônimo de Charles Lutwidge Dodgson, professor de matemática da Universidade de Oxford. Especialistas na matéria tentaram desvendar essa conta maluca e concluíram que a menina (ou melhor, o autor) usou o conceito de sistemas posicionais de numeração. Então, 4 X 5 passa a ser 12 se a gente considerar que tudo aqui acontece na base 18 – e não na base 10, que é a que usamos no dia a dia. O 4 X 6 teria o resultado de 13 em um sistema de base 21. O 4 X 7 daria 14 na base 24, enquanto o 4 X 8 chegaria a 15 na base 27. E, seguindo desse jeito, como a própria Alice avisou, a gente **não chega mesmo nunca a um resultado igual a 20**!

Lewis fez **paródias de poemas** famosos na época. Este é uma brincadeira em cima de "*Against Idleness and Mischief*" [Contra a ociosidade e as traquinagens], de Isaac Watts, que escreveu hinos religiosos, como este, em tradução livre, só pra dar ideia da torcida e retorcida que o Lewis dava nas coisas: "Como a abelhinha ocupada/ Aproveita cada hora brilhante/ E colhe o seu mel o dia todo/ De cada flor bela e radiante!// Constrói sua colmeia tão bonita!/ Espalha a cera com perfeição!/ Trabalha para ter alimento e guarida/ E ainda nos fornece seu doce mel".

Há um enorme debate sobre se Lewis escreveu para a Alice ou sobre a Alice. Mas é interessante que a personagem tenha tanto **receio da pobreza**, já que, na vida real, Alice não passava aperto algum. O pai dela era figura importante, no topo da administração de uma faculdade da Universidade de Oxford.

sou? Primeiro me digam isso, depois, se eu gostar de ser essa pessoa, aí eu subo; se não gostar, vou ficar aqui embaixo até ser outra pessoa"... Mas... ah, que coisa! – exclamou Alice, com uma súbita explosão de lágrimas –, na verdade eu gostaria que eles gritassem *lá de cima*! Estou *tão* cansada de ficar aqui sozinha!

Ao dizer isso, ela olhou para as mãos e se espantou de ter calçado uma das luvinhas do Coelho enquanto falava. "Como consegui fazer isso?", pensou. "Devo estar diminuindo outra vez." Levantou-se e foi até a mesa para se comparar com a altura do móvel, e então calculou que estaria com pouco mais de sessenta centímetros e iria diminuir rapidamente; não demorou para descobrir que a causa disso era o leque que estava em sua mão, e apressou-se a largá-lo, bem a tempo de evitar encolher totalmente.

– Escapei por bem pouco! – disse Alice, bastante assustada com a repentina mudança, mas muito satisfeita por ver que continuava viva. – E agora vamos ao jardim! – E correu a toda a velocidade na direção da portinha. Infelizmente, porém, a portinha voltara a se fechar, e a chavinha dourada estava na mesa de vidro, como antes. "A situação está pior do que nunca", pensou a pobre criança. "Pois eu nunca fui tão baixinha como agora, nunca! E eu afirmo que isso é simplesmente terrível!"

Enquanto tinha esse pensamento, seus pés deslizaram, e no momento seguinte... tchibum! Ela estava com água salgada até o queixo. Inicialmente ela achou que tinha caído no mar, "e, se for esse o caso, eu posso voltar de trem", pensou. (Alice havia ido à praia uma única vez na vida e concluíra que todas as praias da Inglaterra tinham cabines para se trocar, crianças cavando a areia com pás de madeira, uma fileira de casas para alugar e, mais além, uma estação ferroviária.) Contudo, ela não demorou a concluir que

Daqui em diante, ela descreve a experiência típica daquela época de ir a uma praia britânica, a começar pela ida e vinda em um **trem**. Os trens de carga já estavam circulando havia um tempo por lá, mas foi só em 1826 que o Parlamento aprovou uma linha de trem para passageiros, e dali em diante a ideia de viajar começou a ferver. Mais ou menos ao mesmo tempo, com o surgimento de uma classe média criada pela Revolução Industrial, brota no Reino Unido a ideia do turismo. Em 1841 tem-se o primeiro registro de uma excursão organizada. Outra novidade que bombou naquele século foi a de encarar o mar como uma fonte de saúde. A comunidade médica havia começado a falar sobre isso e a onda pegou por lá. Em várias cidades costeiras havia cabines individuais montadas sobre rodas e puxadas, em geral, por cavalos. Ali dentro, a pessoa podia se trocar. Daí, um "motorista" fazia o bicho puxar o troço todo até a água. Então, o banhista descia por uma escadinha e entrava no mar. Chamada de *bathing machine* [máquina de se banhar], a geringonça era um resultado da rigidez moral dos tempos da rainha Vitória, quando o recato era tudo. Aliás, como você já deve ter imaginado, a praia dessa época era segregada, com horário para mulheres separado do horário para os homens.

estava no lago de lágrimas que havia chorado quando media quase três metros de altura.

– Eu não devia ter chorado tanto! – disse Alice enquanto nadava, tentando sair dali. – Agora parece que vou ser punida por isso, por me afogar nas minhas próprias lágrimas! Isso *será* sem dúvida uma coisa esquisita. Mas hoje tudo está esquisito, mesmo!

Bem naquele momento, Alice ouviu um espadanar no poço, pertinho dali, e se aproximou nadando para descobrir o que seria. Inicialmente achou que devia ser uma morsa ou um hipopótamo, mas depois se lembrou de como estava pequena agora e logo descobriu que era apenas um camundongo que havia escorregado para a água, como acontecera com ela.

"Conversar com esse camundongo adiantaria alguma coisa?", pensou Alice. "Como tudo está tão estranho por aqui, eu acho bem provável que ele fale. De qualquer modo, não custa nada tentar." Então, ela começou: – Ó Camundongo, você sabe como sair deste lago? Estou cansada de nadar aqui, Camundongo! – (Alice achava que essa era a maneira correta de falar com um camundongo: ela nunca havia feito isso, mas se lembrava de ter visto no livro de gramática latina do seu irmão: "Camundongo, do camundongo, para o camundongo, ó camundongo!"). O animalzinho olhou-a com ar de grande curiosidade e pareceu ter piscado um olhinho, mas não disse nada.

"Talvez ele não fale a minha língua", pensou Alice. "Provavelmente é um camundongo francês, que chegou aqui com Guilherme, o Conquistador." (Pois, apesar de todo o seu conhecimento de história, Alice não tinha uma ideia clara da época em que aconteceram os fatos.) Assim, ela recomeçou: – *Où est ma chatte?* –, que era a primeira frase do seu livro de francês da escola. Subitamente, o Camundongo pulou para fora da água e pareceu tremer todinho, apavorado. – Ah, me desculpe! – exclamou Alice imediatamente, temendo

Os normandos eram escandinavos que se estabeleceram no que é hoje o norte da França, organizando ali um ducado. Em 1066, o duque da Normandia era Guilherme II, e seu povo já estava bem adaptado ao local, falando francês e seguindo os preceitos cristãos. Só que o duque resolveu invadir a Inglaterra. E ele se deu bem, sendo coroado rei inglês, sob o nome de **Guilherme I**, no fim daquele mesmo ano.

Essa frase francesa – que se traduz por "**Onde está minha gata?**" – faz mesmo parte de uma das primeiras lições de um livro do começo do século XIX chamado *La Bagatelle* [A bagatela], dedicado a ensinar noções básicas do francês para crianças bem pequenas.

ter ferido os sentimentos do pobre animal. – Esqueci completamente que você não gosta de gatos.

– Não gosta de gatos! – guinchou o Camundongo com voz irada. – *Você* gostaria de gatos, se fosse eu?

– Ah, pode ser que não – disse Alice, com voz suave. – Não se zangue com isso. Mas eu gostaria de poder lhe mostrar a minha gata Dinah. Acho que você começaria a gostar de gatos se a conhecesse. Ela é calma e boazinha – prosseguiu Alice, falando quase para si mesma enquanto nadava preguiçosamente pelo lago –, e fica ronronando junto à lareira, tão bonitinha, lambendo as patas e limpando a cara... É tão gostoso acariciar seu pelo macio... e ela é tão boa para caçar camundongos! Ah, me desculpe! – exclamou Alice, novamente, pois desta vez o Camundongo estava com o pelo todo eriçado, e ela teve certeza de que ele realmente se zangara. – Não vamos mais falar sobre ela, se é isso que você prefere.

– Não vamos, ora essa! – exclamou o Camundongo, que tremia até a ponta da cauda. – Como se eu falasse sobre tal ser! Nossa família sempre *odiou* os gatos: são uns malvados, nojentos, vulgares! Que eu não ouça essa palavra outra vez!

– Eu não vou falar, mesmo! – disse Alice, aflita para mudar de assunto. – Você... você gosta... de... de cachorros? – O Camundongo não respondeu, então Alice continuou, aflita: – Perto da minha casa mora um cachorrinho muito engraçadinho; eu gostaria de mostrá-lo a você! É um terrierzinho marrom de olhos claros, com o pelo comprido e todo enrolado! Ele vai buscar tudo o que você atira, fica sentado pedindo a comida e muitas outras coisas... Não consigo me lembrar nem da metade... O dono dele é um fazendeiro, que diz que ele é muito útil, custa cem libras e mata todos os ratos... Ah, que coisa! – exclamou Alice, numa voz triste. – Acho que ofendi você outra vez! – O Camundongo nadava velozmente para longe dela, agitando a água do lago.

Assim, ela o chamou: – Camundongo, querido, volte! Nós não vamos falar sobre gatos nem sobre cachorros, se você não gosta deles! – Ao ouvir isso, o Camundongo deu meia-volta e nadou lentamente na direção dela; sua cara estava pálida (de raiva, pensou Alice), e ele disse, com uma vozinha trêmula: – Vamos para a praia, e eu lhe conto a minha história; então você vai entender por que eu odeio os gatos e os cachorros.

Já passava da hora de ir, pois o lago estava ficando apinhado de pássaros e animais que mergulhavam ali: um Pato e um Dodó, um Papagaio e uma Aguiazinha, e também muitas outras criaturas estranhas. Alice foi na frente e o grupo inteiro nadou até a praia.

A **Aguiazinha** era Edith e o **Papagaio** (*lory* é papagaio em inglês) era Lorina, respectivamente as irmãs mais nova e mais velha da Alice. O **Pato** é Canon Robinson Duckworth (*duck* é pato em inglês), amigo do autor que costumava ir com ele naqueles passeios com as três meninas. E o **Dodó** é o próprio escritor, que tinha uma leve gagueira que o fazia dizer seu sobrenome como Do-do-Dodgson. O dodó foi também o primeiro grande animal a atingir o estágio de extinção por obra nossa, seres humanos. De nome científico *Raphus cucullatus*, o dodó era uma ave grande e pesada das ilhas Maurício, no oceano Índico. Essa ave foi vista e descrita pelos portugueses em 1507. Mas, com a colonização, passou a ser caçada, além de que novos animais foram introduzidos naquele ambiente, de maneira que, em 1681, ela estava extinta.

II
UMA CORRIDA ELEITORAL E UMA LONGA HISTÓRIA ENROLADA

O GRUPO QUE SE REUNIU À MARGEM DO LAGO tinha realmente um aspecto estranho: os pássaros, com as penas úmidas, os animais, com o pelo grudado no corpo, todos eles contrariados e se sentindo pouco à vontade, gotejando de tão molhados.

A primeira questão que se apresentava era: como se secar; fizeram uma consulta sobre isso e, depois de alguns minutos, Alice achou muito normal estar conversando à vontade com eles, como se os conhecesse há longo tempo. Na verdade, ela teve uma grande discussão com o Papagaio, que acabou ficando mal-humorado e só falava: – Sou mais velho que você e sei muito bem o que fazer. – Alice não podia admitir isso sem saber antes qual era a idade dele, e, como o Papagaio se recusava a revelá-la, não havia mais nada a dizer.

Por fim, o Camundongo, que parecia ter alguma autoridade sobre eles, conclamou: – Sentem-se, todos, e ouçam o que vou dizer! *Eu vou* deixar todos bem secos em pouco tempo! – O grupo inteiro se sentou imediatamente, formando um grande círculo, com o Camundongo no centro. Ansiosa, Alice tinha os olhos fixos nele, pois sabia que podia se resfriar se não se secasse logo.

– Arrã! – pigarreou o Camundongo, dando-se ares de importância. – Estão prontos? Isto é o que há de mais

Sou mais velho que você e sei muito bem o que fazer: o Papagaio diz isso justamente porque representa a irmã mais velha de Alice Liddell.

A base do que vem a seguir tem relação com o que aconteceu com o grupo em um dia em que eles passearam de barco também com Frances e Elizabeth, que eram irmãs do autor, e ainda uma tia deles, a Lucy Lutwidge. A Frances, a mais velha do grupo de irmãos, sentia que **tinha autoridade** sobre o irmão. Além disso, ela curtia história. Então, somando tudo, dizem que ela é o **Camundongo** do texto, apesar de em outros momentos o Camundongo ser também identificado como a Miss Prickett, que era a governanta das meninas – naquela Inglaterra, as garotas abastadas tinham sempre uma governanta para cuidar da educação formal e informal delas.

O trio de irmãs usava o livro *Short Course of History* [Pequeno curso de história], escrito por Havilland Le Mesurier Chepmell para aprender **história da Inglaterra**, e o trecho entre aspas aqui ao lado veio direto de lá.

secante que eu conheço. Silêncio, por favor, todos vocês! "Guilherme, o Conquistador, cuja causa era favorecida pelo papa, não tardou a ser aceito pelos ingleses, que queriam ter líderes e nos últimos tempos estavam acostumados à usurpação e à conquista. Eduíno e Morcar, condes de Mércia e Nortúmbria..."

Esse trecho também saiu das páginas do livro do Chepmell e fala de dois irmãos, **Eduíno e Morcar**. O mais novo, Morcar, mandava na Nortúmbria, reino localizado no nordeste da atual Inglaterra, enquanto Eduíno havia herdado do pai o comando da Mércia, área hoje identificada com parte das Midlands, também na Inglaterra. A dupla teve fases de não aceitação, de apoio e depois de revolta em relação à invasão normanda capitaneada pelo Guilherme. Eduíno morreu assassinado, traído pela sua própria turma. E tudo indica que Morcar tenha morrido na prisão. **Estigando**, por sua vez, foi o último chefe religioso antes da conquista dos normandos e, por sua posição de resistência, também morreu atrás das grades. Em 597, o papa Gregório tinha enviado Agostinho para converter o rei Etelberto ao cristianismo. Após a conversão, a cidade de Cantuária foi escolhida para ser a sede da catedral, com Agostinho assumindo o papel de primeiro arcebispo do lugar. A tradição continua, mesmo já não sendo católica: o arcebispo de Cantuária é, hoje, a autoridade máxima da Igreja Anglicana.

– Brrr! – fez o Papagaio, tiritando de frio.

– Como? – perguntou o Camundongo, franzindo as sobrancelhas educadamente. – Você falou alguma coisa?

– Eu, não! – apressou-se o Papagaio a responder.

– Achei que sim – disse o Camundongo. – Continuando: "Eduíno e Morcar, condes de Mércia e Nortúmbria, declararam que estavam do lado dele; e até Estigando, o arcebispo patriota de Cantuária, achou aconselhável aquilo...".

– *Aquilo* o quê? – perguntou o Peru.

– *Aquilo* – replicou o Camundongo, contrariado. – Claro que você sabe o que é aquilo.

– Eu sei perfeitamente o que é "aquilo", quando encontro alguma coisa – disse o Peru –; geralmente "aquilo" é um sapo ou uma minhoca. Minha pergunta é: o que o arcebispo achou?

O Camundongo não deu atenção à pergunta, e prosseguiu rapidamente: – "... achou aconselhável aquilo: ir com Edgar Atelingo encontrar Guilherme e oferecer-lhe a coroa. A princípio, o comportamento de Guilherme foi moderado. Mas a insolência dos seus normandos..." Como é que você está agora, querida? – continuou ele, virando-se para Alice enquanto falava.

– Continuo ensopada – respondeu Alice, com voz melancólica. – Parece que a história não está me secando nem um pouco.

A ideia era que eles ficariam **secos** depois de ouvirem uma "história seca", sem graça, burocrática.

– Nesse caso – disse solenemente o Dodó, pondo-se de pé –, minha propositura é que a reunião sofra solução de continuidade para que se adote *in continenti* um tratamento mais efetivo...

– Fale mais claro! – disse a Aguiazinha. – Eu não sei o que significa metade das palavras que você disse, e, além do mais, acredito que nem mesmo você deve saber! – E a Aguiazinha baixou a cabeça para esconder um sorriso. Alguns pássaros deram risadinhas audíveis.

– O que eu ia propor – disse o Dodó num tom ofendido – é que a melhor coisa a fazer para nos secarmos seria uma corrida eleitoral.

– O que é uma corrida eleitoral? – indagou Alice, não por querer realmente receber essa explicação, mas porque o Dodó tinha feito uma pausa como se achasse que *alguém* devia discursar, e ninguém parecia disposto a falar.

– Bom – começou o Dodó –, o melhor jeito de explicar é fazendo. – (E, como vocês podem querer experimentar por conta própria em algum dia de inverno, vou lhes contar o que o Dodó fez.)

Primeiramente, ele demarcou o trajeto da corrida, uma espécie de círculo (– A forma exata não importa – disse ele), depois todo o grupo foi disposto ao longo do trajeto, de espaço em espaço. Não houve "Um, dois, três, já!"; eles começaram a correr quando sentiram vontade, e, assim, não foi fácil saber quando a corrida tinha terminado. Contudo, depois de terem corrido meia hora e estarem bem secos, o Dodó gritou de repente: – A corrida acabou! – e todos se reuniram em torno dele, perguntando: – Mas quem foi que ganhou?

O Dodó não podia responder sem refletir bastante, e ficou durante muito tempo com um dedo pressionando a sobrancelha (atitude em que costumamos ver Shakespeare retratado), enquanto os outros esperavam em silêncio. Por fim, o Dodó disse: – *Todos* ganharam e *todos* receberão prêmios.

– Mas quem vai entregar os prêmios? – indagou um grande coro de vozes.

In continenti é uma locução latina que significa "imediatamente".

No original em inglês, o autor usa a expressão "*caucus race*", que é uma **corrida eleitoral** de pré-candidatos – *caucus* é uma reunião de um pequeno grupo com alguns interesses em comum dentro de um partido político ou uma organização. Pode ser também uma divisão tipo comitê. E, como na política é corriqueiro ver muito fala-fala e pouca ação, o Lewis usa o termo aqui como uma espécie de corrida sem fim, que vai e vem sem resolver nada.

– Ora, *ela*, claro! – disse o Dodó, apontando para Alice; e todo o grupo se acotovelou em torno da menina, gritando em grande confusão: – Os prêmios! Os prêmios!

Alice não tinha ideia do que fazer; desesperada, pôs a mão no bolso, tirou dele uma caixa de frutas cristalizadas (felizmente a água salgada não havia entrado nela) e entregou uma a cada um dos que estavam na roda, como prêmio. Não sobrou uma única fruta.

– Mas ela também deve receber um prêmio – disse o Camundongo.

– É claro – respondeu o Dodó, seriamente. – O que mais você tem aí no seu bolso? – prosseguiu ele, voltando-se para Alice.

– Só um dedal – disse Alice, desanimada.

– Então me dê – disse o Dodó.

Eles se puseram mais uma vez em torno dela, enquanto o Dodó ergueu solenemente o dedal e disse: – Pedimos que aceite este elegante dedal –; e, quando terminou seu breve discurso, todos aplaudiram.

Alice achou tudo aquilo absurdo, mas o grupo inteiro parecia tão sério que ela não ousou rir; e, como não lhe ocorreu nada para dizer, ela apenas se curvou e pegou o dedal, com tanta solenidade quanto lhe foi possível.

Em seguida, eles começaram a comer os confeitos. Isso provocou algum barulho e confusão, com as aves grandes queixando-se de não ter nem mesmo sentido o sabor e as pequenas engasgando e precisando receber tapinhas nas costas. Mas por fim tudo acabou e eles se sentaram novamente formando um círculo e pediram ao Camundongo que lhes contasse mais alguma coisa.

– Você prometeu nos contar a sua história – disse Alice – e por que você odeia... C. e G. – acrescentou ela num sussurro, receando ofendê-lo novamente.

– Ela é muito longa e triste – disse o Camundongo, voltando-se para Alice com um suspiro.

– É, longa ela certamente é – disse Alice olhando para baixo, fascinada com o tamanho da cauda do Camundongo –;

O **dedal** parece um copinho que, de boca virada para baixo, é usado para cobrir a ponta do dedo médio de quem costura à mão, o que ao mesmo tempo protege o dedo e facilita dar empurradas na agulha de costura. Os modelos da época deste livro eram feitos, em geral, de metal – em especial, latão.

Como no original inglês, aqui rola uma divertida brincadeira com as palavras *tale* [conto, narrativa] e *tail* [rabo, **cauda**] do inglês.

mas por que você diz que ela é triste? – E a menina continuou intrigada com a cauda enquanto o Camundongo falava, o que fez com que sua ideia sobre a história fosse algo mais ou menos assim:

– Fúria disse a um ca-
mundongo que viu
na casa, sem mais
nem por quê:
"Vamos já para
o tribunal; *eu*
vou processar
você. Não vou
aceitar recusa,
nem agora e
nem no final.
E vai ter que
ser bem agora,
afinal não tenho
nada para fazer
nesta hora". O
camundongo
disse para o
vira-lata: "Um
julgamento
sem júri nem
juiz não vale
nada, é coisa
espúria".
"Eu serei o
juiz, e serei
o júri que
decidirá a
sua sorte",
propôs o es-
perto Fúria.
"Vou julgar
o caso e con-
denar você à
morte."

Dizem que Fury ("**Fúria**", em português) era o nome do cachorro de outra menina amiga do Lewis Carroll, a Eveline Hull. Mas... também há quem diga que foi o inverso: que o livro é que teria inspirado a dona a nomeá-lo assim. E este poema bebe de uma tradição conhecida em inglês como *pattern poetry*, às vezes também chamada de *carmen figuratum*, ou caligrama – um tipo de composição poética em que as palavras formam uma figura, um padrão (no sentido de modelo). Espécie de parente da poesia concreta, a modalidade pode ser conferida em "*Easter Wings*" [Asas da Páscoa] e "*Altar*", de George Herbert, em "*Un Coup de dés*" [Um lançamento de dados], do poeta francês Mallarmé, e até em um livro inteirinho de outro francês, Guillaume Apollinaire, intitulado exatamente *Calligrammes* [Caligramas].

– Você não está prestando atenção! – disse o Camundongo para Alice. – Em que está pensando?

– Perdão – disse Alice com muita humildade –; você tinha chegado à quinta volta da corrida, me parece.

– Nem eu nem *nós*! Que absurdo! – exclamou o Camundongo, bruscamente e muito bravo.

– Ah, nós? – indagou Alice, sempre disposta a ajudar, e olhando em torno de si. – Ah, sou boa em desatar nós! Talvez eu possa ajudá-lo.

– Não preciso de ajuda – disse o Camundongo, pondo-se de pé e afastando-se. – Você me ofende falando essas bobagens!

– Não era a minha intenção! – rogou a pobre Alice. – Mas você se ofende por tão pouco...

Em resposta, o Camundongo apenas guinchou.

– Por favor, volte e termine a sua história! – gritou Alice. E os demais se juntaram num coro: – Sim, faça isso, por favor! – Mas o Camundongo apenas balançou a cabeça demonstrando impaciência e acelerou o passo.

– Que pena que ele não ficou! – suspirou o Papagaio, assim que ele desapareceu. E uma Carangueja velha aproveitou a oportunidade para dizer à filha: – Ah, minha querida, que isso lhe sirva de lição, porque você também fica brava à toa! – Mas a jovem carangueja disse rispidamente: – Cale-se, Mãe! Você esgota a paciência até de uma ostra fechada!

– Eu gostaria que a nossa Dinah estivesse aqui! – lamentou-se Alice em voz alta, sem se dirigir especificamente a ninguém. – *Ela* traria o Camundongo de volta rapidamente!

– E quem é Dinah, se é que eu posso arriscar esta pergunta? – disse o Papagaio.

Alice respondeu com entusiasmo, pois estava sempre disposta a falar sobre seu animalzinho de estimação: – Dinah é a nossa gata. Ela é perita em caçar camundongos, você nem imagina! Ah, eu queria que você a visse perseguir pássaros! Nossa! Basta ela avistar um passarinho que ele já está no papo.

Essa fala provocou uma reação impressionante em todo o grupo. Algumas aves levantaram voo imediatamente; uma Pega-Rabilonga idosa começou a enrolar as asas no corpo com muita cautela para se proteger, enquanto comentava:

– Eu preciso mesmo ir para casa; o sereno da noite não faz bem para a minha garganta! – E um Canário gritou com voz trêmula para a sua prole: – Vamos embora, meus queridos! Já passa da hora de vocês irem para a cama! – Usando pretextos diversos, todos foram embora, e Alice não tardou a ficar sozinha.

"Eu não devia ter falado da Dinah!", pensou ela, cheia de tristeza. "Parece que ninguém gosta dela por aqui, e eu tenho certeza de que ela é a melhor gata do mundo! Ah, minha querida Dinah! Fico me perguntando se vou voltar a vê-la!" E, nesse ponto, Alice recomeçou a chorar, sentindo-se muito sozinha e melancólica. No entanto, não tardou a ouvir novamente sons de passos a distância; ansiosa, ela ergueu o olhar, esperando que o Camundongo tivesse mudado de ideia e estivesse voltando para concluir a sua história.

V

O COELHO DÁ UMA MISSÃO À LAGARTIXA

ERA O COELHO BRANCO, voltando num trote lento e olhando aflito em redor enquanto avançava, como se tivesse perdido alguma coisa; e Alice o ouviu dizer para si mesmo: – A Duquesa! A Duquesa!... Ah, minhas patinhas tão queridas! Ah, meu pelo e meus bigodes! Ela vai mandar me executar, tão certo quanto um furão é sempre um furão! Onde eles podem ter caído? – Alice imaginou que ele estava procurando o leque e as luvas de pelica, e, solicitamente, começou a procurá-los à sua volta, mas não os avistou... Tudo parecia ter mudado desde que ela caíra dentro do poço; e a sala grande, com a mesa de vidro e a portinha, havia desaparecido totalmente.

Dizem que foram os romanos que introduziram os **furões** nas terras inglesas, mas que ninguém prestou muita atenção nesses bichos até a invasão normanda, quando eles passaram a ser empregados no controle de roedores – em especial os coelhos, que são considerados uma praga no Reino Unido! Dali em diante, o furão virou uma espécie obrigatória nas fazendas e mansões. Além disso, o *ferret* [furão] usado no original também queria dizer, na época, "agiota". E daí vinha a expressão *ferrets are ferrets* [agiotas são sempre agiotas].

O Coelho logo notou Alice, que andava de um lado para o outro procurando, e num tom zangado ele chamou a sua atenção: – Ora, Mary Ann, o que *você* está fazendo aqui? Vá já para casa e me arrume um par de luvas e um leque! Depressa! – E Alice se assustou tanto que correu imediatamente para o lado que ele apontava, sem tentar explicar o engano dele.

Mary Ann era uma espécie de nome genérico usado para se referir a qualquer serviçal, na época.

"Ele me confundiu com a sua criada", pensou a menina enquanto corria. "Vai se surpreender muito quando descobrir quem sou! Mas é melhor lhe dar as luvas e o leque... se eu encontrá-los." Ao pensar isso, ela se deparou com uma casa bem-cuidada, em cuja porta havia uma placa de cobre com a inscrição "COELHO B". Entrando sem bater, ela correu para o andar de cima com muito receio de encontrar a verdadeira Mary Ann e ser enxotada da casa antes de pegar o leque e as luvas.

"Que coisa mais estranha", pensou Alice, "receber ordens de um coelho! Só falta, depois disso, a Dinah começar a me encarregar de fazer coisas!". E ela imaginou o tipo de situação que poderia ocorrer: "'Senhorita Alice! Venha cá imediatamente e se apronte para o seu passeio!'. 'Estou indo num minuto, babá! Mas tenho de vigiar este buraco até a Dinah voltar, e não deixar o camundongo sair por ele.' Porém não acho", prosseguiu ela, "que vão deixar a Dinah continuar em casa se ela começar a mandar assim nas pessoas!".

A essa altura, ela viu que chegara a um quartinho muito limpo e arrumado, com uma mesa junto à janela; sobre essa mesa havia (tal qual ela esperara) um leque e dois ou três pares de minúsculas luvas de pelica; ela pegou o leque e um par de luvas, e já ia sair do quarto quando viu uma garrafinha perto do espelho. Desta vez não havia rótulo com as palavras "BEBA-ME", mas, apesar disso, ela a abriu e levou-a à boca. "Sei que *alguma coisa* interessante sempre acontece quando eu como ou bebo alguma coisa; assim, vou ver o que esta garrafa faz", pensou. "Espero muito que ela me faça crescer de novo, pois na verdade eu já estou bem cansada de ser uma coisinha tão pequena!"

Realmente, foi o que a bebida fez, e em muito menos tempo que o imaginado: antes de ter bebido metade da garrafa, Alice sentiu sua cabeça encostar no teto e precisou se dobrar para evitar quebrar o pescoço. Mais que depressa, ela pousou a garrafa onde a havia encontrado, pensando: "Isso já é o suficiente; espero não crescer mais. De qualquer forma, não posso sair pela porta... Eu gostaria de não ter bebido tanto!".

Infelizmente, era tarde demais para desejar isso. Ela continuou crescendo, crescendo, e em pouco tempo precisou se ajoelhar no chão; logo depois não havia espaço nem para isso, e ela tentou ver se dava para se deitar com um cotovelo contra a porta e o outro braço dobrado atrás da cabeça. E continuou crescendo, e como último recurso pôs um braço para fora da janela e enfiou um pé na chaminé, pensando: "Agora não posso fazer mais nada, aconteça o que acontecer. O que *será* de mim?".

Felizmente para Alice, a garrafinha mágica chegou ao seu efeito máximo, e ela parou de crescer. No entanto, aquela situação era muito desconfortável e, como parecia não haver nenhuma probabilidade de sair da sala, é de se imaginar quanto ela estava infeliz.

"Lá em casa era muito mais tranquilo, sem essa história de ficar sempre crescendo e encolhendo, e recebendo ordens de camundongos e coelhos", pensou a pobre Alice. "Já estou quase arrependida de ter descido até a toca do Coelho... mas... mas... essa vida é tão surpreendente! Eu me pergunto o que pode ter acontecido comigo. Quando lia contos de fadas eu ficava imaginando que aquelas coisas nunca aconteceriam, mas cá estou, no meio de um conto de fadas! Deviam escrever um livro sobre mim, isso sim! E eu vou escrever esse livro quando crescer... Mas eu já estou crescida, agora, pelo menos não há espaço *aqui* para crescer mais", acrescentou ela, num tom lamentoso.

"Mas, sendo assim", pensou Alice, "eu *nunca* vou ficar mais velha do que sou agora? Isso será um alívio, de certo modo... nunca ser uma velha... por outro lado... ter sempre lições para aprender! Ah, eu não gostaria *disso*!".

"Ah, Alice, sua boba!", respondeu a menina para si mesma. "Como é que você poderia ter lições estando aqui? Ora, quase não há espaço para *você*, e para livros de escola não há nenhum espaço!"

E ela continuou assim, primeiro seguindo numa direção, depois na direção contrária, mantendo desse modo uma boa conversa; mas passados alguns minutos ouviu uma voz vindo de fora e parou para escutar.

– Mary Ann! Mary Ann! – disse a voz. – Traga neste minuto as luvas! – Então, ouviu passos na escada. Sabendo que era o Coelho chegando para procurá-la, Alice tremeu a ponto de sacudir a casa; ela havia esquecido completamente que agora era umas mil vezes maior que o Coelho e, portanto, não tinha nenhum motivo para temê-lo.

Logo depois, o Coelho já estava na porta e tentou abri-la, mas, como foi impedido pela firme resistência do cotovelo de Alice, a tentativa fracassou. Alice o ouviu dizer para si mesmo: – Então vou contornar e entrar pela janela.

"*Isso* você não vai fazer", pensou Alice. E, depois de esperar até achar que tinha ouvido o Coelho embaixo da janela, abriu a mão bruscamente e fez no ar um gesto largo, como se fosse agarrar alguma coisa. Não agarrou nada, mas ouviu um gritinho agudo e uma queda, e tinidos de vidro se quebrando, o que a fez concluir que ele possivelmente havia caído numa estufa de plantas ou algo do tipo.

Logo depois chegou até ela uma voz irada (a voz do Coelho), gritando: – Pat! Pat! Onde é que você está? E, em seguida, uma voz que ela nunca ouvira: – Eu estou aqui, é verdade! Cavando para colher batatas, Excelência.

– Cavando para colher batatas! Faça-me o favor! – disse, furioso, o Coelho. – Venha já para cá! Você tem de me ajudar com *isso*! – (Mais sons de vidro quebrado.)

– Mas me diga, Pat, o que é isso na janela?

– Hum, é um braço, Excelência! – (Ele pronunciava "Incelença".)

– Um braço! Ora, ora! Onde já se viu um braço desse tamanho? Ocupando toda a janela!

– É verdade, é isso mesmo, Incelença; mas, apesar de tudo, é um braço.

– Bem, de qualquer maneira não há nenhuma razão para ele estar lá: vá até o quarto e retire-o da janela!

Depois disso houve um longo silêncio, mas de quando em quando Alice ouvia sussurros, como, por exemplo: – É verdade, eu não gosto disso, Incelença, nem um pouco, nem um pouco! – e: – Faça o que eu lhe mandei, seu covarde! – Por fim, ela estendeu a mão novamente e fez outro gesto de pegar uma coisa no ar. Dessa vez houve *dois* gritinhos e mais barulho de vidro quebrado. "Deve haver muitas estufas de pepinos por aqui!", pensou a menina. "O que será que eles vão fazer agora? Se o plano for me desentalar da janela, espero que eles *consigam*! Claro que *eu* não quero continuar assim!"

Alice esperou mais um pouco. O silêncio era absoluto. Por fim, ouviu o ruído das rodas de um carrinho de mão e de muitas vozes falando ao mesmo tempo, no meio das quais distinguiu as palavras: – Onde está a outra escada? – Ah, eu só precisava de uma. O Bill está com a outra. – Bill! Traga a escada aqui! – Pronto, ponham as duas em pé neste canto. – Não; primeiro amarrem uma na outra. – Mesmo assim elas ainda não chegam nem na metade da altura. – Ah, vai ser suficiente. Não seja exigente. – Aqui, Bill! – Não solte essa corda! – O teto vai aguentar? – Cuidado com aquela telha solta! – Ah, ela está caindo! Cuidado com a cabeça! – (um estrondo) – Ora, quem foi que fez isso? – Foi o Bill, aposto. – Quem é que vai descer pela chaminé? – Não, *eu* não vou! Desça *você*! – *Isso* eu não faço! – O Bill tem de descer! – Escute, Bill, o chefe diz que você precisa descer pela chaminé!

"Ah! Então o Bill tem de descer pela chaminé?", pensou Alice. "Nossa!, parece que eles jogam tudo para o Bill! Eu não gostaria nem um pouco de estar no lugar dele: a chaminé é estreita, sem dúvida, mas eu *acho* que dá para dar um chutezinho."

Alice recuou o pé na chaminé o máximo que podia e esperou até ouvir um bichinho (impossível imaginar que animal seria) mexendo-se e arranhando a chaminé bem acima de onde ela estava. "É o Bill", pensou. Então, deu um empurrão com o pé e esperou para ver o que iria acontecer.

A primeira coisa que ela ouviu foi um coro de todo o grupo: – Olha lá o Bill! –; depois, somente a voz do Coelho: – Pegue ele, você aí, perto da cerca-viva! –; depois silêncio, e depois outra confusão de vozes: – Levante a cabeça dele. – Agora dê um conhaque pra ele. – Cuidado para ele não engasgar. – Então, como é que foi, companheiro? O que foi que aconteceu com você? Conte tudo!

Por fim, ouviu-se uma vozinha fraca e esganiçada ("Este é o Bill", pensou Alice): – Bom, eu nem sei direito. – Chega, obrigado. – Agora eu estou melhor... mas estou confuso demais para contar o que houve... Tudo o que sei é que de repente apareceu um espantalho que me fez sair voando como um foguete!

– Foi isso mesmo que você fez, meu velho! – disseram os outros.

– Vai ser preciso queimar a casa! – proclamou o Coelho. E Alice gritou, o mais alto que pôde: – Se fizerem isso, eu solto a Dinah em cima de vocês!

Imediatamente se fez um silêncio mortal, e Alice pensou: "O que será que eles *vão aprontar* agora? Se usassem a razão, só tirariam o telhado da casa". Passados um ou dois minutos, Alice ouviu o Coelho dizer: – Um carrinho de mão cheio é suficiente, para começar.

"Um carrinho cheio do *quê*?", pensou Alice. Mas ela não se perguntou isso por muito tempo, pois, logo em seguida, uma chuva de pedrinhas começou a retinir na janela, e algumas delas a atingiram no rosto. "Vou dar um basta nisso", pensou, e gritou em seguida: – É melhor vocês pararem *já*! –, o que provocou outro silêncio mortal.

Alice notou, bastante surpresa, que as pedrinhas iam se transformando em bolinhos depois de permanecer algum tempo no chão, e então teve uma ideia brilhante. "Se eu comer um desses bolinhos", pensou, "isso certamente vai provocar *alguma* mudança no meu tamanho; e, uma vez que é impossível eu ficar ainda maior, ele vai me diminuir, imagino".

Assim, ela comeu um bolinho e percebeu, maravilhada, que imediatamente começou a encolher. Logo que ficou suficientemente pequena para passar pela porta, saiu correndo da casa e encontrou uma multidão de animaizinhos e aves esperando lá fora. Bill, a pobre lagartixa, estava no meio, amparada por dois porquinhos-da-índia que lhe davam algo em uma garrafa. No momento em que viram Alice, todos se precipitaram para ela; mas a menina correu para fora o mais rápido que pôde e logo se encontrou segura, numa densa floresta.

"A primeira coisa que eu tenho a fazer", pensou, enquanto vagava pela floresta, "é voltar ao meu tamanho certo; a segunda coisa é achar o caminho para aquele jardim lindo. Acho que esse é o melhor plano".

Parecia, sem dúvida, um excelente plano, simples e muito bem organizado; a única dificuldade era que ela não tinha a menor ideia de como realizá-lo. E, enquanto perambulava ansiosa entre as árvores, um latidinho cortante logo acima dela a fez erguer apressadamente o olhar.

Um cachorrinho bem novo, mas muito grande, estava olhando para ela com grandes olhos redondos, e estendia delicadamente uma pata, tentando tocá-la. – Coitadinho! – disse Alice, com brandura, e tentou assobiar para ele; mas durante todo o tempo estava assustada com a ideia de que o bichinho podia estar faminto, e, nesse caso, muito provavelmente ele a comeria, apesar de toda a delicadeza dela.

Mal sabendo o que fazia, ela pegou uma varinha e a estendeu para o filhote, que imediatamente deu um salto no ar com as quatro patas e, com um ganido de alegria, correu para pegar o galhinho e o mordiscou de leve. Então Alice se escondeu atrás de um grande cardo, para não ser atropelada; e, quando ela apareceu no outro lado, o filhote correu em tal atropelo para pegar novamente a varinha que chegou a dar uma cambalhota. A essa altura, Alice pensou que aquele cachorrinho era como um cavalo para ela e, com medo de ser esmagada pelas suas patas, protegeu-se de novo atrás do cardo; então o filhote começou a fazer uma série de breves investidas no seu brinquedo, a cada vez avançando um pouquinho na direção da vareta e afastando-se muito mais, sempre com um latido rouco, até que por fim se sentou bastante afastado, ofegante, com a língua de fora e os olhos meio fechados.

Cardo é um nome comum a várias plantas, mas aqui tem a ver especificamente com a *Silybum marianum*, que é o cardo-mariano ou cardo-leiteiro, uma figurinha comum nos matos do Reino Unido, que pode crescer até uns 2 metros de altura e é bem espinhenta, com o fim das folhas também sendo pontiagudo, a ponto de causar dor. Essa planta ainda dá uma flor púrpura bem típica.

Alice achou que aquela era uma boa oportunidade para fugir e, imediatamente, se pôs a correr até ficar bastante cansada e sem fôlego e o latido do cachorrinho soar bem fraco a distância.

"Que pena! O filhote era tão engraçadinho!", pensou Alice, enquanto se encostava num ranúnculo, para descansar, e se abanava com uma folha. "Gostaria de ensinar algumas brincadeirinhas a ele, se... se eu tivesse o tamanho certo para isso. Ah, que coisa!, quase esqueci que preciso crescer novamente! Vejamos... como é que vou conseguir

Existem várias plantas com o nome de **ranúnculo**, inclusive uma vertente asiática que se parece demais com as rosas, mas a que entra aqui é uma amarelinha, pouco conhecida no Brasil. Em inglês, ela é a *buttercup* [botão-de-ouro].

isso? Certamente comendo ou bebendo alguma coisa, mas a grande questão é: 'O quê?'."

Evidentemente, a grande questão era "O quê?". Alice olhou à sua volta, para as flores e as folhinhas de grama, mas não viu nada que lhe parecesse apropriado para comer ou beber naquela situação. Perto dela, havia um grande cogumelo mais ou menos da sua altura; e, depois de ter olhado embaixo dele, dos dois lados e atrás dele, ocorreu-lhe que seria bom verificar o que havia em cima dele.

Ela ficou na ponta dos pés, olhou para o alto do cogumelo, e seus olhos encontraram imediatamente os de uma grande lagarta azul, sentada lá em cima, de braços cruzados, fumando com toda a calma um comprido narguilé e ignorando por completo a presença dela ou de qualquer outra coisa.

O **narguilé** é um tipo de cachimbo usado tradicionalmente em países como Índia, Pérsia, Turquia, Marrocos, Somália, Egito, Líbano, Arábia Saudita e mais.

V
O CONSELHO DA LAGARTA

A LAGARTA E ALICE SE OLHARAM em silêncio por algum tempo; finalmente, a Lagarta tirou o narguilé da boca e dirigiu-se a ela com uma voz lânguida, sonolenta.

– Quem é *você*? – perguntou.

Para um início de conversa, a pergunta não era nada animadora. Alice respondeu, acanhada:

– Neste momento eu... não sei bem, senhora... Sei, pelo menos, quem eu *era* quando me levantei hoje de manhã, mas acho que devo ter mudado diversas vezes desde então.

– O que você quer dizer com isso? – indagou a Lagarta, com frieza. – Explique-se!

– Não posso explicar *eu mesma*, senhora – disse Alice –, porque eu não sou eu mesma, a senhora entende?

– De jeito nenhum.

– Acho que não consigo explicar isso com mais clareza – respondeu Alice, educadamente –, pois, para começar, nem eu mesma posso compreender; e ter muitos tamanhos diferentes no mesmo dia é muito confuso!

– Não é – afirmou a Lagarta.

– Bom, talvez a senhora ainda não tenha sentido isso – disse Alice –; mas, quando se transformar numa crisálida... isso vai acontecer algum dia, a senhora sabe... e, depois, numa borboleta, acho que vai achar tudo um pouco estranho, não vai?

Apesar de ter escrito vários livros e até letras de músicas que ganharam fama, o escocês Charles Mackay é mais lembrado até hoje no mundo que fala inglês como autor de *Extraordinary Popular Delusions and the Madness of Crowds* [Extraordinários delírios populares e a doideira geral das massas], que saiu em três volumes, em 1841. Ali, Mackay descreve o ciclo de nascimento e morte de algumas gírias. Pois uma delas é justamente a coisa de perguntar de modo sério e em qualquer ocasião, provocando na mesma hora um monte de risadas, o tal "**Quem é *você*?**". Aliás, ao explicar o fenômeno, o escocês diz que a popularidade da expressão surgiu do nada, como se fosse um cogumelo que brota da noite para o dia – o que pode ter até ajudado a compor essa cena toda aí. Será?

– Nem um pouco – contestou a Lagarta.

– Bom, talvez *a senhora* sinta as coisas de modo diferente – disse Alice. – Eu só sei que *para mim* foi bastante estranho.

– Ora! – disse, desdenhosa, a Lagarta. – Quem é *você*?

Com isso, a conversa voltou ao ponto inicial. Alice sentiu-se um pouco irritada com a Lagarta, com seus comentários tão curtos; então se empertigou e disse, muito séria: – Acho que, primeiro, a senhora devia me dizer quem é.

– Por quê? – indagou a Lagarta.

De novo, uma pergunta desconcertante; como Alice não encontrou uma resposta razoável e a Lagarta parecia estar com um humor *muito* desagradável, ela lhe deu as costas e começou a se afastar.

– Volte! – ordenou a Lagarta. – Eu tenho uma coisa importante para dizer!

Aquilo pareceu promissor, claro. Alice se virou e voltou.

– Controle-se – disse a Lagarta.

– É só isso? – perguntou Alice, engolindo a raiva o máximo que podia.

– Não – disse a Lagarta.

Alice achou que podia perfeitamente esperar, já que não tinha nada para fazer, e talvez acabasse por ouvir algo que valia a pena. Durante alguns minutos, a Lagarta continuou fumando em silêncio; por fim, descruzou os braços, tirou o narguilé da boca e disse: – Então você acha que mudou, é isso mesmo?

– Acho que sim, senhora – disse Alice. – Não consigo me lembrar das coisas que eu sabia... e o meu tamanho muda a cada dez minutos!

– Não consegue se lembrar de *que coisas*? – perguntou a Lagarta.

– Bom, eu tentei recitar "Como o filhotinho...", mas saiu tudo diferente! – respondeu Alice com a voz carregada de tristeza.

Já rolou muita conversa sobre essa lagarta: ela **fumava** alguma substância alucinógena ou não? Mas, pelos desenhos originais, parece que era mesmo tabaco que a criatura consumia. O produto ficou conhecido na Inglaterra no século XVI, passou um tempo sob um imposto alto de importação que restringia o seu consumo, mas aos poucos foi virando mania por lá. O século seguinte trouxe ainda a novidade do rapé (o tabaco moído para ser cafungado pelo nariz), e, no tempo do Lewis Carroll, fumar já era um hábito comum e bem aceito socialmente. E é até possível que o autor soubesse da existência da lagarta devoradora de folhas de tabaco que é a *Manduca sexta*, já que a criatura havia sido descrita em 1763 por ninguém menos que Lineu, o pai da classificação dos seres vivos. Conhecida no Brasil como mandarová-do-fumo, essa larva de mariposa é, no entanto, verde, e não azul como aqui no livro.

– Recite "Você está velho, Papai José" – disse a Lagarta.

Alice juntou as mãos no peito e começou:

"Você está velho, Papai José",
disse o jovem, arrastando o pé.
"Mesmo com o cabelo já branquinho,
Planta bananeira como menininho...
Na sua idade, ainda acha que isso é certo?"

"Quando eu era jovem", respondeu Papai José,
"Eu tinha medo, filho, você sabe como é:
De que isso iria me estragar o juízo.
Agora que não tenho mesmo mais
[nenhum siso,
Faço isso a toda hora, aqui e até no deserto!".

"Você está velho", disse o jovem, "já falei,
E ficou muito obeso, parecendo aquele rei.
Mesmo assim, até dá cambalhota pra trás...
Para que isso, meu pai, de onde vem tanto gás?
Faz isso por que motivo, que razão?".

"Quando jovem", disse o sábio, de cachos grisalhos,
"Eu não me cansava fazendo muitos trabalhos,
Usava este creme... Um xelim o vidro, só um...
Não quer levar dois vidros pelo preço de um?
Vendo barato, você não acha, não?".

"Você está velho", disse o filho, "e seus dentes estão fracos,
Só mastigam manteiga, e entre eles há buracos;
Mas você engoliu um ganso com os ossos e o bico...
Como consegue fazer isso, sem ter um siricutico?
Isso é uma coisa que não posso compreender".

"Eu quis ser advogado", respondeu o pai, tomando ar.
"Discutia muito com sua mãe, para poder praticar.
Assim, ficava o dia inteiro exercitando os maxilares.

E lá vem Lewis com mais uma paródia. Desta vez o alvo foi uma criação do poeta Robert Southey de 1799, que era largamente ensinada nas escolas: "*The Old Man's Comforts and How He Gained Them*" [Os confortos de um homem velho e como ele os conquistou]. Os versinhos originais, claro, eram menos zoados, mais sérios e respeitosos. E note também que a escola na época era muito uma decoreba chata e cheia de posturas. Então, as crianças eram obrigadas a saber coisas assim de cor e a **recitar** colocando a mão no peito.

Até 1971, o dinheiro na Inglaterra não era uma coisa decimal como é hoje. Então, a libra tinha várias subdivisões, equivalendo, por exemplo, a 20 xelins, com cada **xelim** valendo 12 *pennies* e com um *penny* podendo ainda ser dividido em meio *penny* ou em quatro *farthings*.

Minha força nos dentes é a maior entre meus pares.
Todos me invejam, como você pode ver."

"Você está velho", disse o jovem, "ninguém imaginaria
Que com esses olhos velhos você tão bem veria;
Mas você equilibrou uma enguia no nariz
Como conseguiu fazer o que eu nunca fiz?".

Hoje é proibido pescar **enguia** no Tâmisa, rio onde Lewis passeava de barco com as meninas. Mas essa criatura já foi uma das mais querida dos pescadores. A enguia europeia nasce no mar, mas cresce no rio. Depois, adulta, volta para o mar, para desovar e morrer.

"Já respondi a três perguntas, agora vamos acabar",
Disse o Papai José; "filho, ponha-se no seu lugar!
Você acha que eu posso ficar nisso o dia inteiro?
Suma-se daqui, ou chuto você no... Saia já daqui!".

– Você não declamou certo – disse a Lagarta.

– Não *muito* certo, acho – disse Alice timidamente. – Algumas palavras saíram erradas.

– Saiu tudo errado, do começo ao fim – respondeu a Lagarta, sem hesitar, e se fez um silêncio de uns cinco minutos.

A Lagarta foi a primeira a falar.

– Você quer ficar de que tamanho? – ela perguntou.

– Ah, eu não sou muito exigente quanto ao tamanho – respondeu Alice, apressadamente –; mas ninguém gosta de mudar com tanta frequência, você sabe, não é mesmo?

Muito matemático vê nisto aqui – e em vários outros trechos e até no absurdo geral do livro todo – uma crítica ácida do Carroll às **novidades que surgiam** no seu campo de trabalho. Conhecido como matemático conservador e mais dedicado ao ensino que à pesquisa e a novas proposições, Lewis via com maus olhos a chamada álgebra simbólica, que abandonava a realidade física para mergulhar em conceitos abstratos que até seguiam lógicas internas, mas que não resistiam (ou não existiam) no mundo real. Um exemplo? Números imaginários, como a raiz quadrada de um número negativo.

– Eu *não sei* – disse a Lagarta.

Alice ficou muda: em toda a sua vida, nunca a haviam contestado daquela maneira, e ela sentiu que estava perdendo a calma.

– Está satisfeita, agora? – perguntou a Lagarta.

– Bom, eu gostaria de ficar *um pouco* maior, se a senhora não se importasse – disse Alice. – É terrível ter sete centímetros de altura.

– Na verdade, é uma altura muito boa! – disse a Lagarta, em tom de zanga, afastando-se empertigada enquanto falava (sua altura era exatamente sete centímetros).

– É que eu não estou acostumada com essa altura – alegou a pobre Alice, num tom que fazia doer o coração. E pensou consigo mesma: "Seria bom se as criaturas não se ofendessem com tanta facilidade!".

– Com o tempo, você vai se acostumar – disse a Lagarta, e então levou à boca o narguilé e voltou a fumar.

Desta vez, Alice esperou pacientemente que a Lagarta resolvesse voltar a falar. Depois de um ou dois minutos, ela tirou o narguilé da boca, bocejou uma ou duas vezes e se sacudiu. Em seguida, desceu do cogumelo e se afastou, rastejando pela grama e dizendo apenas, enquanto deslizava: – Um lado fará você ficar mais alta, o outro lado fará você ficar mais baixa.

"Um lado *do quê*? O outro lado *do quê*?", perguntou-se Alice.

– Do cogumelo – disse a Lagarta, como se Alice tivesse feito a pergunta em voz alta, e depois desapareceu.

Durante um minuto, Alice ficou olhando pensativa para o cogumelo, tentando descobrir quais seriam os dois lados; e, uma vez que ele era perfeitamente redondo, ela concluiu que a questão era muito difícil. Contudo, acabou estendendo os braços em volta do cogumelo o máximo que conseguiu, quebrando com cada mão um pedacinho da borda.

"E agora, qual é qual?", disse consigo mesma, e mordiscou um pedacinho da migalha que estava na mão esquerda, para ver o resultado. Imediatamente sentiu um golpe violento embaixo do queixo: ele batera em seu pé!

Ela se assustou muito com essa mudança tão súbita, mas sabia que não havia tempo a

---

Os europeus comem muito **cogumelo** e sabem bem que nem todos são comestíveis – existem os gostosinhos e saudáveis, uns com gosto ruim, outros que só podem ser devorados depois de cozidos, aqueles que são simplesmente um veneno mortal e ainda a categoria alucinógena. As ilustrações das primeiras edições deste livro mostram cogumelos bem comuns e inofensivos. Já a versão da Disney traz um lindinho de chapéu vermelho salpicado de coisinhas branquelas em cima, mas que não é comestível. Então, no original, Alice podia mesmo mordiscar de boa o assento da lagarta.

Carroll tinha grande interesse em esoterismo e coisas sobrenaturais. Foi membro até da Society of Psychical Research [Sociedade de Pesquisa Psíquica], fundada em Londres em 1882 e que existe até hoje. Lá, eles estudavam temas místicos como a mediunidade e a transmissão de pensamento. Foi um dos membros da sociedade, Frederic W. H. Myers, que inventou o termo "**telepatia**".

A dúvida de Alice em relação à não existência de lados no cogumelo tem tudo a ver com o fato de o autor ser matemático. Na geometria euclidiana, um **círculo** é uma figura plana que tem todos os pontos à mesma distância do centro. Em outras palavras, não tem lado ou... tem um número infinito de lados! He, he, he, aí está a pegadinha do autor – e você pode googlar essa discussão, que é interessante, mas longa demais pra gente aqui. E mais um detalhe: Dodgson, que é o matemático que escrevia ficção sob o pseudônimo de Carroll, era fissurado na geometria euclidiana.

perder porque estava encolhendo rapidamente; assim, comeu mais que depressa um pouquinho da outra migalha. Seu queixo estava tão junto do pé que ela quase não tinha espaço para abrir a boca; mas acabou conseguindo e pôde engolir um bocado da migalha da mão esquerda.

* * * *
* * *
* * * *

– Pronto! Finalmente minha cabeça está livre! – disse Alice, encantada, para logo depois se alarmar por ter notado que seus ombros haviam desaparecido: tudo o que ela viu ao olhar para baixo foi uma extensão imensa de pescoço, que parecia se erguer como uma haste acima de um longínquo mar de folhas verdes.

– O que *será* essa coisa verde? – disse Alice. – E onde *foram* parar os meus ombros? E minhas pobres mãos, por que não vejo vocês? – Enquanto falava, ela sacudia as mãos, mas isso, aparentemente, não produzia nenhum resultado, fora uma leve agitação nas longínquas folhas verdes.

Como parecia não haver a menor probabilidade de levar as mãos à cabeça, ela tentou levar a cabeça lá embaixo *até elas*, e encantou-se por ver que seu pescoço virava com facilidade em qualquer direção, como uma cobra. Ela acabara de conseguir curvá-lo para baixo, num gracioso zigue-zague, e já ia mergulhá-lo entre as folhas – que descobriu serem nada mais que o topo das árvores sob as quais havia passeado – quando um assobio cortante a fez afastar-se apressadamente: uma grande pomba viera voando até o seu rosto, e as asas da ave o golpeavam com violência.

– Serpente! – gritou a Pomba.

– Eu *não sou* uma serpente! – protestou Alice, indignada. – Deixe-me em paz!

– Serpente, eu digo de novo! – repetiu a Pomba, mas num tom mais moderado, e acrescentou, com a voz meio embargada: – Eu já tentei de tudo, mas parece que nada serve para elas!

– Não tenho a menor ideia do que você está falando – disse Alice.

– Eu já tentei raízes de árvores, já tentei barrancos e até cercas vivas – prosseguiu a Pomba, sem dar atenção a Alice –; mas essas serpentes! Não há jeito de agradá-las!

Alice ia ficando cada vez mais perplexa, mas achou que de nada adiantaria dizer alguma coisa enquanto a Pomba não tivesse concluído seu discurso.

– Como se chocar os ovos não fosse trabalhoso o suficiente para mim – disse a Pomba –; mas eu preciso ficar dia e noite alerta por causa das serpentes! Faz três semanas que não prego o olho!

– Lamento muito a senhora estar tendo esses aborrecimentos – disse Alice, que começava a entender.

– E logo agora que eu tinha chegado à árvore mais alta da floresta – continuou a Pomba, elevando a voz a ponto de gritar –, e logo agora que eu estava achando que ficaria livre delas finalmente, elas têm de descer do céu dançando para um lado e para o outro! Maldita Serpente!

– Mas eu *não sou* uma serpente, já lhe disse! – contestou Alice. – Eu sou uma... uma...

– Bem, você é *o quê*? – indagou a Pomba. – É evidente que você está tentando inventar alguma coisa.

– Eu... eu sou uma menina – declarou Alice, duvidando um pouco do que dizia, pois se lembrava da quantidade de mudanças por que passara naquele dia.

– Você acha que eu vou acreditar nisso? – perguntou a Pomba, com ar de profundo desprezo. – Já vi muitas meninas na vida, mas nenhuma delas tinha pescoço comprido como o seu! Nada disso! Você é uma serpente; não adianta querer negar. Imagino que, daqui a pouco, você vai me dizer que nunca provou um ovo!

– *Claro* que já provei! – disse Alice, que era uma menina muito honesta –; mas as meninas comem ovos, tanto quanto as serpentes, a senhora sabe.

Na lógica do grego Aristóteles, a gente encontra o silogismo, que é composto de três partes: uma premissa maior (todos os homens são mortais), uma premissa menor (Sócrates é homem) e, por fim, uma **conclusão** (logo, Sócrates é mortal). Mas às vezes o argumento que parece lógico está todo furado, ou seja, é uma falácia. Em certos casos, é fácil ver o rombo. Mas há momentos – e os argumentos dos defensores de blocos políticos estão cheios desses truques! – em que a falácia lógica é difícil de ser detectada. Aqui, por exemplo, Alice está com dificuldade de refutar o pensamento da pomba, que está assim: toda serpente come ovo (premissa maior); Alice come ovo (premissa menor); Alice é serpente (conclusão... errada!). O grande lance, porém, é que essa estrutura aristotélica é usada demais na matemática, e a gente vai ver mais tarde como isso é usado aqui pelo autor, inclusive numa coisa que Euclides fazia, que era a redução ao absurdo (mais sobre isso ali adiante).

– Não acredito nisso – disse a Pomba. – Mas, se comem, então elas são uma espécie de serpente; é só isso que eu posso dizer.

Essa ideia era tão nova para Alice, que ela ficou calada durante um ou dois minutos, o que deu à Pomba oportunidade para acrescentar: – Você está procurando ovos, sei perfeitamente *disso*. E, para mim, que diferença faz se você é uma menina ou uma serpente?

– Isso faz uma grande diferença para *mim* – disse Alice, precipitadamente. – Mas acontece que eu não estou procurando ovos, e, se estivesse, não iria querer os *seus*: não gosto de ovo cru.

– Muito bem, então desapareça! – disse a Pomba, com voz irritada, enquanto voltava a se acomodar no ninho. Alice agachou-se no meio das árvores tanto quanto lhe foi possível, pois seu pescoço continuava se enredando entre os galhos, e de vez em quando era preciso parar e desenredá-lo. Depois de algum tempo, ela se lembrou de que ainda tinha nas mãos os pedaços de cogumelo, então começou a mordiscá-los com muito cuidado, primeiro um, depois o outro, ficando às vezes maior e às vezes menor, até que conseguiu chegar à sua altura normal. "Pronto! Metade do meu plano está realizada! Como essas mudanças todas são atordoantes! Nunca sei como vou ser daqui a um minuto! No entanto, voltei ao meu tamanho certo; a próxima coisa a fazer é chegar àquele lindo jardim... como será que posso fazer isso?" Mal havia concluído esse pensamento, ela se viu subitamente num lugar aberto, com uma casinha que não devia ter mais de um metro e vinte de altura. "Quem quer que more aqui", pensou Alice, "não vai dar certo aparecer para eles *deste* tamanho: eles morreriam de medo de mim!". Assim, ela começou a mordiscar novamente o pedaço de cogumelo da mão direita, e não arriscou aproximar-se da casa antes de ter chegado à altura de vinte centímetros.

VI
PORCO E PIMENTA

ALICE FICOU OLHANDO PARA A CASA por um ou dois minutos, perguntando a si mesma o que faria, quando, de repente, um criado vestindo libré veio correndo da floresta (ela achou que seria um criado porque ele usava libré; se fosse julgar apenas pela sua cara, teria dito que era um peixe) e bateu vigorosamente na porta com os nós dos dedos. Outro criado de libré, de rosto redondo e olhos grandes parecendo um sapo, abriu a porta. E os dois homens – Alice logo notou – tinham talco no cabelo, que se encaracolava por toda a cabeça. Ela ficou curiosa por saber o que significava tudo aquilo e, furtivamente, se afastou um pouco da floresta para poder ouvir.

O Criado-Peixe apresentou uma grande carta que estava sob o seu braço, quase do seu tamanho, e entregou-a dizendo solenemente: – Para a Duquesa. Um convite feito pela Rainha para jogar croqué. – O Criado-Sapo repetiu, no mesmo tom solene, apenas mudando um pouco a ordem das palavras: – Da Rainha. Um convite para a Duquesa jogar croqué.

Então os dois se curvaram e seus cachos se emaranharam.

Alice riu tanto disso, que precisou correr de volta para a floresta, temendo que a ouvissem; e, quando ela espiou, o Criado-Peixe tinha ido

Libré significa uniforme de criado e vem do francês *livrée*. Na França, porém, o termo morreu ao mesmo tempo que o Antigo Regime, em 1789, mas durou ainda em outros países, na forma de uniforme de criados e até de gente escravizada.

A sífilis é uma doença de transmissão sexual que causa um monte de perrengues (e que anda em alta, sabia?): feridas, coceiras, cegueira, demência e... perda de **cabelo**. No final do século XVI, não existia antibiótico, e a doença estava passando o rodo, de maneira que havia um monte de gente já sem cabelo, e aí surgiu uma onda de perucas feitas de crina de cavalo, pelo de bode ou cabelo humano. Mas, em tempos de pouco banho e pouca limpeza, a perucada fedia e a solução era bater um **talco** misturado com perfume. A coisa, porém, ficou mais chique quando o rei francês Luís XIV contratou um miniexército de peruqueiros. Com novos modelos encaracolados, as perucas viraram moda entre os elegantes da Europa. Só caiu em desuso no final do século XVIII, quando a Revolução Francesa deu um chega pra lá na nobreza, enquanto os britânicos encaravam um novo imposto sobre o talco que tornou difícil continuar com aquele luxo.

embora e o outro estava sentado no chão ao lado da porta, olhando para o céu com ar apalermado.

Timidamente, Alice aproximou-se da porta e bateu.

– Não adianta bater – disse o Criado –, por duas razões. Primeiro, porque eu estou do mesmo lado da porta que você; segundo, porque lá dentro estão fazendo tanto barulho que ninguém vai ouvi-la. – E havia *mesmo* um barulho extraordinário no interior da casa: uivos e espirros incessantes, e de vez em quando um estrondo, como se um prato ou um bule tivesse se partido em pedacinhos.

– Então me diga, por favor – começou Alice –, como é que eu faço para entrar.

– Só teria sentido você bater na porta – prosseguiu o Criado, ignorando aquele pedido – se ela estivesse entre nós. Por exemplo, se você estivesse *dentro*, então poderia bater e eu abriria para você sair, entende? – Ele ficou olhando para o céu durante todo o tempo em que falava, o que Alice achou decididamente descortês. "Mas talvez ele não possa evitar isso; os olhos dele ficam quase no alto da cabeça", pensou. "De qualquer maneira, ele poderia responder às minhas perguntas..." – Como é que eu faço para entrar? – repetiu ela, em voz alta.

– Vou ficar sentado aqui – disse o Criado – até amanhã...

Nesse momento, a porta da casa se abriu e um grande prato atravessou o portal voando, bem na direção da cabeça do Criado; passou raspando pelo seu nariz e se espatifou adiante, numa das árvores atrás dele.

– ... Ou até depois de amanhã, talvez – prosseguiu o Criado, no mesmo tom, como se nada tivesse acontecido.

– Como é que eu faço para entrar? – indagou novamente Alice, falando mais alto.

– Você precisa *mesmo* entrar? – perguntou o Criado. – Essa é a primeira questão.

E era mesmo, sem dúvida, mas Alice não gostou nada de ouvir aquilo. "É realmente terrível o modo como todo o mundo discute", resmungou ela para si mesma. "Dá para a gente enlouquecer!"

O Criado pareceu ver ali uma boa oportunidade para repetir, com variações, sua declaração: – Vou ficar sentado aqui – disse ele – por dias e dias, saindo um pouco e logo depois voltando.

– E o que *eu* vou fazer?

– O que quiser – respondeu o Criado, e se pôs a assobiar.

– Ah, não adianta insistir – disse Alice, desesperada –; ele é totalmente idiota. – Assim, ela abriu a porta e entrou.

A porta dava diretamente para uma grande cozinha tomada por fumaça de ponta a ponta. A Duquesa estava sentada no centro, num banco de três pernas, embalando um bebê; a cozinheira se debruçava sobre o fogão, mexendo um grande caldeirão que parecia cheio de sopa.

"Com certeza, aquela sopa tem pimenta demais! – pensou Alice, espirrando sem parar.

Com certeza, havia pimenta demais *no ar*. Até a Duquesa espirrava de vez em quando; já o bebê alternava espirros com uivos, sem um minuto de pausa. As duas únicas criaturas ali que *não* espirravam eram a cozinheira e um grande gato, sentado ao pé do fogão, com um sorriso de orelha a orelha.

– Por favor, poderia me dizer – começou Alice, um pouco tímida, sem saber se era educado ser a primeira a falar – por que o seu gato ri assim?

– É um gato de Cheshire – disse a Duquesa –, é por isso. Porco!

Ela pronunciou a última palavra com uma violência tão grande e tão súbita, que Alice quase deu um pulo; mas logo viu que a palavra era dirigida ao bebê e não a ela, então se animou e prosseguiu:

– Eu não sabia que os gatos de Cheshire riam o tempo todo; na verdade, eu não sabia que os gatos *podiam* rir.

Os pobres na Inglaterra vitoriana eram muito pobres. Além disso, a população havia aumentado e começava já a se concentrar nas cidades, de maneira que a comida não só era escassa e cara, como também vinha de mais longe, chegando às cidades já meio velha e ruim – sem falar que ainda não havia geladeira, certo? Tudo isso fazia a galera mais sem grana colocar na panela muita coisa que estava mais para podre, e era aí que entrava a **pimenta**, que ajudava a despistar um pouco tanto o cheiro quanto aquele gosto de comida que havia passado um bocado do prazo de validade.

Daresbury é uma vila pequetita que fica no condado do Cheshire, próximo da famosa Liverpool, na Inglaterra, e foi ali que o autor, o Carroll, nasceu. Foi provavelmente ali também que ele tomou conhecimento de uma expressão que já circulava fazia um tempo na língua inglesa: "*grin like a Cheshire cat*" [sorrir como um **gato de Cheshire**]. O significado dessa expressão é dar um sorriso enorme de autossatisfação. Já a sua origem ninguém sabe ao certo. O que pode ser afirmado sem dúvida é que, mais recentemente, uns cientistas descobriram duas galáxias vizinhas que, tratadas como um conjunto, ganharam o nome de Gato de Cheshire, porque elas se parecem mesmo com uma carinha sorridente boiando sem corpo no espaço. E há também um experimento da física batizado de "Gato de Cheshire quântico".

– Todos os gatos podem – disse a Duquesa –; e a maioria deles ri.

– Não conheço nenhum gato que ria – afirmou Alice com muita educação, deliciada por manter uma conversa.

– Você não sabe grande coisa – disse a Duquesa –, essa é a verdade.

Alice não gostou nem um pouco do tom desse comentário, e achou que seria bom mudar de assunto. Enquanto tentava imaginar o que dizer, a cozinheira retirou do fogo o caldeirão de sopa e começou a atirar na Duquesa e no bebê tudo o que tinha ao alcance da mão: primeiro, os ferros de atiçar o fogo; depois, disparou uma chuva de caçarolas, pratos e travessas. A Duquesa não deu importância a isso, nem mesmo quando os utensílios atingiram sua cabeça; e, antes mesmo desse ataque, o bebê já estava uivando tanto que era impossível saber se os golpes o haviam machucado ou não.

– Ah, *por favor*, preste atenção no que está fazendo! – gritou Alice, tão aflita e aterrorizada que chegou a dar pulos. – Ah, era uma vez um nariz *precioso*! – lamentou ela, quando uma caçarola de tamanho descomunal passou raspando por ele, quase arrancando-o.

– Se todos cuidassem da sua própria vida – disse a Duquesa num rosnado rouco –, o mundo giraria bem mais depressa.

– O que *não* seria uma vantagem – respondeu Alice, satisfeita com a oportunidade de mostrar um pouco do seu conhecimento. – Imagine só a confusão que haveria com o dia e a noite! A terra leva vinte e quatro horas para dar uma volta em torno do seu eixo...

– E, por falar em volta em torno – disse a Duquesa –, faça uma volta em torno do pescoço dela com o gume da faca!

Alice olhou aflita para a cozinheira, querendo ver se ela pretendia cumprir a ordem; mas a cozinheira estava ocupada em mexer a sopa e parecia nem ter ouvido, então ela continuou: – Vinte e quatro horas, me *parece*; ou seriam doze? Eu...

– Ah, não *me* aborreça! – disse a Duquesa. – Não tolero números! – E, com isso, começou a acalentar o bebê novamente e a cantar uma música de ninar, dando a cada final de verso uma violenta sacudida na criança:

– Fale bem brava com seu menininho,
E bata nele quando ele espirrar:
Ele faz isso porque é bem chatinho,
Ele gosta mesmo é de chatear.

Coro
(ao qual se juntaram a cozinheira e o bebê):
– Ai! Ai! Ai!

Enquanto cantava a segunda estrofe, a Duquesa sacudia o bebê violentamente para cima e para baixo, e o pobrezinho uivava tanto que Alice mal ouviu as palavras:

– Eu falo bem brava com meu menininho.
Quando ele espirra... apanha na hora;
É para ele sentir bem o cheirinho
Da pimenta que ele tanto adora!

Coro
– Ai! Ai! Ai!

– Tome aqui! Você pode niná-lo um pouco, se quiser – disse a Duquesa para Alice, atirando-lhe o bebê enquanto falava. – Preciso me aprontar para jogar croqué com a Rainha – e saiu correndo, enquanto a cozinheira atirava nela uma frigideira, que por muito pouco não a acertou.

Não foi fácil segurar o bebê, uma criatura com formas estranhas e que estendia os braços e as pernas em todas as direções, "como uma estrela-do-mar", pensou Alice. O coitadinho resfolegava como uma máquina a vapor quando ela o pegou, e ficava se dobrando e se

E lá vem outra **paródia** do Carroll, desta vez em cima dos versos de um certo David Bates (há controvérsias sobre a autoria do poema, mas...) intitulado "*Speak Gently*" [Fale com gentileza]: "*Speak gently! – It is better far/ To rule by love, than fear –/ Speak gently – let not harsh words mar/ The good we might do here!// Speak gently! – Love doth whisper low/ The vows that true hearts bind;/ And gently Friendship's accents flow;/ Affection's voice is kind*". E que eu traduzi assim: "Fale com gentileza – assim é muito melhor/ Espalhe bastante amor e nem uma gota de medo/ Fale com gentileza – e evite assim o pior/ Ensine o amor imenso e desde muito cedo// Fale com gentileza – Porque o amor é lindo/ E é ele que ata a verdade profunda do coração/ Deixe que o carinho surja, cresça e siga indo/ Porque o afeto é a gentileza entrando em ação".

O ser humano entendeu a possibilidade de usar o **vapor** como fonte de propulsão ainda na Antiguidade, mas foi só ali pelo final do século XVII que as **engenhocas** começaram a ganhar uma carinha prática, útil e viável. Foi uma revolução – a Revolução Industrial, dos séculos XVIII e XIX, com avanços galopantes na mineração, na manufatura, na agricultura e no transporte. E o tempo do Lewis Carroll é marcado por esse clima de novidade, de velocidade, de ciência, de técnica, avanços e descobertas.

Voltando à questão da crítica às novas ideias que surgiam no campo da matemática, temos aqui a interpretação de que essa coisa toda de o bebê virar **porco** seria uma alusão à geometria projetiva. Nela, há a ideia de que as propriedades básicas de uma forma vão se manter firmes quando tal forma for projetada noutra superfície. E Lewis ri dessa ideia, lançando mão de uma técnica do matemático grego Euclides, a "redução ao absurdo" (ou prova por contradição – lembra a nossa conversa sobre Aristóteles e silogismos?), usada para validar/invalidar uma proposição. Assim, o autor ataca com: "Se uma regra funciona para um triângulo, funcionará também para um bebê" – ou seja, leva a ideia proposta ao ridículo para invalidá-la. E é isso: o bebê vira porco, apesar de manter algumas das suas propriedades básicas, como ser rosadinho e rechonchudo. Absurdo, né? E isso até explica porque Alice demora tanto a notar a mudança, precisando do grunhido do leitão para perceber a metamorfose.

O Euclides – cuja geometria o Carroll amava de paixão! – trabalhava a partir de axiomas (verdades irrecusáveis) para, com passos lógicos bem simples, enunciar e demonstrar teoremas complexos. E aí temos dois caminhos: a demonstração direta (redução ostensiva) que parte do princípio de que a hipótese é verdadeira até se chegar, via passos lógicos, à comprovação da ideia; e o método da redução ao absurdo, que começa dizendo que é verdadeira justamente a negação de uma determinada afirmação. Isso faz, por meio de uma sequência de passos lógicos, que brote ali uma contradição, tornando um absurdo a negação daquela hipótese inicial.

esticando o tempo todo, sem parar, de modo que, nos primeiros dois minutos, ela precisou de todas as suas forças apenas para mantê-lo no colo.

Assim que descobriu o modo certo de cuidar dele (ou seja, torcê-lo como um nó e então segurar firmemente a orelha direita e o pé esquerdo, evitando, com isso, que ele se destorcesse), ela o levou para fora da casa. "Se não trouxer essa criança comigo, certamente irão matá-la dentro de um ou dois dias", pensou ela. – Seria assassinato deixá-la aqui? – Ela disse essas últimas palavras em voz alta, e em resposta o coitadinho grunhiu (àquela altura, ele havia parado de espirrar). – Nada de grunhidos – disse Alice –, esse não é o jeito apropriado de se expressar.

O bebê grunhiu de novo, e Alice olhou muito ansiosa para o rosto dele, a fim de ver o que estava acontecendo. Não havia dúvida de que ele tinha um nariz muito arregaçado, mais parecendo um focinho que um nariz de verdade; além disso, seus olhos eram extremamente pequenos para um bebê. Em suma, Alice não gostou absolutamente nada do aspecto daquela coisa. "Talvez ele só estivesse soluçando", pensou ela, olhando outra vez para os olhos dele, para ver se havia lágrimas.

Não; não havia lágrimas. – Se você se transformar num porco, querido – disse Alice, muito séria –, eu não terei nada a fazer com você. Olhe lá! – O coitadinho soluçou novamente (ou grunhiu, era impossível saber), e eles ficaram em silêncio por algum tempo.

Alice estava começando a pensar: "E agora, o que vou fazer com esta criatura lá em casa?", quando de repente o animalzinho grunhiu de novo, com tanta violência, que ela olhou para a cara dele bastante alarmada. Desta vez, não havia *nenhuma* dúvida: o que ela segurava nos braços era nem mais nem menos que um leitãozinho, e seria um total absurdo continuar a carregá-lo.

Assim, ela pôs o leitãozinho no chão e se sentiu muito aliviada ao vê-lo se dirigir tranquilamente para a floresta. "Se tivesse crescido, ele seria uma criança horrivelmente feia; mas como porco acho que é muito bonito", disse a si mesma. E começou a pensar nas crianças suas conhecidas que dariam porcos bastante jeitosos. Estava acabando de pensar: "Se eu soubesse como se faz para transformá-las...", quando se assustou um pouco ao ver o Gato de Cheshire sentado num galho de árvore a poucos metros dali.

Ao ver Alice, o Gato apenas sorriu. Parecia amável, ela pensou; mas, como suas garras eram *muito* compridas e ele tinha uma grande quantidade de dentes, ela decidiu tratá-lo com todo o respeito.

– Gatinho de Cheshire – começou, com muita timidez, pois não sabia se ele gostava desse nome. Mas o bichano apenas alargou um pouco mais o seu sorriso. "Vamos lá!, ele parece estar de bom humor", pensou Alice, e prosseguiu: – Você poderia me dizer qual caminho eu devo seguir?

– Isso depende muito de aonde você quer chegar – respondeu o Gato.

– Não faz muita diferença para mim... – disse Alice.

– Então não importa o caminho que você seguir – disse o Gato.

– ... desde que eu chegue a *algum lugar* – acrescentou Alice, explicando.

– Ah, isso certamente vai acontecer – disse o Gato –, contanto que você caminhe bastante.

Alice sabia que isso era óbvio e tentou outra pergunta. – Que tipo de gente vive por aqui?

– *Naquele* lado – disse o Gato, agitando a pata direita – mora um Chapeleiro, e *naquele*

Usar chapéu era a regra daqueles tempos. Então, fazer chapéus era uma coisa rentável. Nos séculos XVIII e XIX, no entanto, o **chapeleiro** usava cola feita com nitrato de mercúrio, e essa substância causava problemas variados de saúde, como perda de memória, insônia e instabilidade emocional. E isso gerou uma série de casos de profissionais do setor com tremedeiras e outros piripaques pesados. Mas o mais insano é que, mesmo quando todo esse efeito maléfico foi estudado e comprovado, ninguém baniu o uso do mercúrio na profissão, e o caso dos chapeleiros doentes só cessou na década de 1960, quando o acessório despencou em desuso.

No hemisfério Norte, **março** é um mês de transição do fim do inverno para o começo da primavera, quando os animais, como as **lebres**, estão animados, saltitantes, alegres e, daí, podem parecer doidinhos.

Mad as a March hare [**doido** como uma lebre de março] e *mad as hatter* [doido como um chapeleiro] são duas expressões do inglês britânico que estavam ainda bem em uso na época em que este livro nasceu. A primeira é bem antigona, e tudo indica que tenha a ver mesmo com a explicação que demos para lebres de março. A segunda entrou em voga na década de 1830 e, apesar do que contamos sobre contaminação por mercúrio, ninguém sabe bem qual é a origem da expressão.

lado – agitando a outra pata – mora a Lebre de Março. Visite quem você quiser; ambos são malucos.

– Mas eu não quero me juntar a gente maluca – observou Alice.

– Ah, é impossível evitar isso – disse o Gato –, aqui somos todos malucos. Você é maluca.

– Como é que você sabe que eu sou maluca? – indagou Alice.

– Deve ser – disse o Gato –, do contrário não estaria aqui.

Alice achou que aquilo não provava absolutamente nada, mas continuou: – Como você sabe que você é maluco?

– Em primeiro lugar – disse o Gato –, um cão não é maluco. Você concorda?

– Acho que sim – disse Alice.

– Bom, então – continuou o Gato –, você sabe que um cão rosna quando está zangado e balança o rabo quando está contente. Ora, *eu* rosno quando estou contente e balanço o rabo quando estou zangado. Portanto, eu sou maluco.

– *Para mim,* você ronrona, não rosna – disse Alice.

– Chame como quiser – disse o Gato. – Vai jogar croqué hoje com a Rainha?

– Gostaria muito – disse Alice –, mas ainda não fui convidada.

– Você me verá lá – disse o Gato, e desapareceu.

Alice não se surpreendeu muito com isso, pois já estava se acostumando com as coisas estranhas que aconteciam. Enquanto olhava para o lugar onde o Gato havia estado, ele subitamente reapareceu.

– E, a propósito, o que aconteceu com o bebê? – indagou o Gato. – Quase me esqueço de perguntar.

– Ele se transformou num porco – respondeu Alice muito calmamente, como se o regresso do Gato tivesse sido algo normal.

– Achei mesmo que isso aconteceria – disse o Gato, e novamente desapareceu.

Alice ficou um pouco parada, esperando ver o Gato de novo, mas ele não apareceu, e, depois de um minuto ou dois, ela começou a andar na direção da casa da Lebre de Março. "Já vi chapeleiros antes", pensou; "a Lebre de Março será mais interessante, e, como estamos em maio, ela talvez não esteja louca furiosa... pelo menos não tão louca quanto estava em março". Enquanto pensava isso, olhou para cima, e lá estava novamente o Gato, sentado num ramo da árvore.

– Você disse "porco" ou "coco"? – perguntou o Gato.

– Eu disse "porco" – respondeu Alice. – Eu gostaria muito de que você não ficasse desaparecendo e reaparecendo tão subitamente; isso deixa a gente tonta!

– Tudo bem – disse o Gato; e desta vez ele demorou muito a desaparecer, começando com a ponta da cauda e terminando com o sorriso, que permaneceu por algum tempo depois que o resto do seu corpo não estava mais ali.

"Bom!", eu já vi muitas vezes um gato sem sorriso, pensou Alice; "mas um sorriso sem gato! É a coisa mais estranha que já vi em toda a minha vida!"

Ela não havia avançado muito quando viu a casa da Lebre de Março; pareceu-lhe que a casa seria a da Lebre porque as chaminés tinham a forma de orelhas e o teto era coberto com pele. Era uma casa tão grande que ela só quis se aproximar depois de ter comido um pedacinho do cogumelo da mão esquerda e ter crescido uns sessenta centímetros; mesmo assim, ela se aproximou muito ressabiada, pensando: "Imagine se ela estiver louca furiosa! Acho que teria sido melhor ir visitar o Chapeleiro!".

A expressão ficou famosa e foi incorporada como uma metáfora para identificar casos de dissociação entre um objeto e suas propriedades. Um exemplo desse uso seria, inclusive, para falar da matemática puramente abstrata e tão pouco admirada pelo autor, porque, para ele, esse ramo não tinha aplicação alguma no mundo real e seria, então, um "**sorriso sem gato**".

VI
UM CHÁ BEM MALUCO

DIANTE DA CASA, havia uma mesa ao ar livre, embaixo de uma árvore, onde a Lebre de Março e o Chapeleiro tomavam chá. Um Rato-do-Mato sentado entre eles dormia profundamente; os outros dois o usavam como almofada, repousando nele os cotovelos, e conversando por cima da sua cabeça. "Deve ser bastante incômodo para o Rato-do-Mato; mas ele está dormindo, então imagino que isso não o esteja atrapalhando", pensou Alice.

A mesa era grande, mas os três estavam aglomerados a um canto. – Não tem lugar! Não tem lugar! – gritaram, indignados, ao ver Alice se aproximar. – Tem *muito* lugar! – disse Alice, indignada, e sentou-se numa grande poltrona, na extremidade da mesa.

– Tome um pouco de vinho – sugeriu a Lebre de Março, em tom amável.

Alice percorreu a mesa com o olhar, mas só viu chá. – Não estou vendo o vinho – observou.

– Não há vinho, realmente – concordou a Lebre de Março.

– Então esse oferecimento não é muito educado da parte de vocês – observou Alice, em tom de zanga.

– Não foi muito educado da sua parte sentar-se sem ser convidada – censurou a Lebre de Março.

O capítulo inteiro pode ser visto como uma **sátira à tradição do chá da tarde inglês** e ao rigor da etiqueta vitoriana, que fazia o possível para continuar a separar os nobres dos pobres mortais bem quando a Revolução Industrial fizera muita gente virar rica, burguesa. Com isso, surgiram livros para guiar os novos-ricos a se entranhar nas altas-rodas, como *Hint on Etiquette and the Usages of Society: with a Glance at Bad Habits* [Dicas sobre etiqueta e usos da sociedade: Com uma olhada nos maus hábitos], de 1834, de Charles Day. Tudo indica que teria sido usado pelo Carroll na sua crítica, que virou esse chá caótico. Exemplos disso? Alice chegando sem ter sido convidada, o Rato-do-Mato dormindo no meio do encontro, o Chapeleiro com os cotovelos na mesa, todo o mundo discutindo no lugar de manter uma conversa civilizada e Alice sendo pouco discreta quanto ao seu desgosto com aquele acontecimento social.

Já para os matemáticos, este capítulo é uma crítica ao matemático irlandês William Rowan Hamilton e às novas teorias de um mundo "sem sentido". Hamilton estudava o que batizou de quatérnios, ou quaterniões – um sistema baseado em quatro termos: os três primeiros são as três dimensões e o quarto é o conceito de tempo. O Chapeleiro, o Rato-do-Mato e a Lebre representariam os três termos iniciais. Só que o Chapeleiro diz que se desentendeu com o quarto termo, o tempo, e isso fez todos ficarem presos no tempo, naquela cena típica das 6 da tarde. A letra "t" significa tempo nas equações, e aqui o que rola é uma *tea-party* [festa de chá], que pode virar um trocadilho bem ao gosto do Lewis, sendo outra forma de se dizer *t-party* [a festa do t – ou seja, do tempo].

– Não sabia que era a *sua* mesa – disse Alice –; ela está posta para muito mais de três.

– Seu cabelo está pedindo um corte – comentou o Chapeleiro. Ele estivera observando Alice durante algum tempo com curiosidade e só então falara.

– Você devia aprender a não fazer observações pessoais – reagiu Alice com gravidade –; isso é muito rude.

O Chapeleiro arregalou os olhos ao ouvir isso e limitou-se a perguntar: – Por que um corvo se parece com uma escrivaninha?

Por que um corvo se parece com uma escrivaninha?: numa edição deste livro datada de 1896, o próprio autor deu uma explicação pra essa charada: "*Because it can produce a few notes, though they are very flat; and it is nevar put with the wrong end in front*" [Porque tanto o corvo quanto a escrivaninha podem produzir algumas notas, embora sejam notas bem planas; e nunca é colocada com o final erradamente à frente]. No lugar da palavra *never* [nunca], o Lewis escreveu de propósito "*nevar*", que, com esta grafia, se a gente lesse a palavra de trás pra frente, o resultado seria *raven* [corvo]. A nota *flat* [plana] é a anotação escrita em papel e é, também, a nota bemol na música (em inglês, *flat note*). Já na perspectiva da interpretação matemática, a charada, de propósito, não faz sentido algum, e isso seria outra cutucada no William Rowan Hamilton, que propunha a ideia de um certo "tempo puro", em que causa e efeitos não estariam relacionados.

"Ah, agora vamos nos divertir um pouco. Que bom que eles começaram a propor charadas", pensou Alice. – Acho que essa eu adivinho – disse em voz alta.

– Você está querendo dizer que acha que pode descobrir a resposta? – indagou a Lebre de Março.

– Exatamente – respondeu Alice.

– Então você deve falar o que quer dizer – prosseguiu a Lebre de Março.

– Sim – apressou-se Alice a responder. – Pelo menos... pelo menos eu quero dizer o que eu falo... O que dá no mesmo, você entende.

– Não dá no mesmo, de modo algum! – protestou o Chapeleiro. – Ora, você pode também dizer que "eu vejo o que eu como" é a mesma coisa que "eu como o que eu vejo"!

– Você pode também dizer – acrescentou a Lebre de Março – que "eu gosto daquilo que eu tenho" é a mesma coisa que "eu tenho aquilo de que eu gosto"!

– Você pode também dizer – acrescentou o Rato-do-Mato, que parecia estar falando adormecido – que "eu respiro quando durmo" é a mesma coisa que "eu durmo quando respiro"!

– É exatamente a mesma coisa para você – disse o Chapeleiro, e, nesse ponto, a conversa esfriou e o grupo ficou em silêncio por um minuto, enquanto Alice avaliava tudo o que conseguia recordar sobre corvos e escrivaninhas... que não era muita coisa.

O Chapeleiro foi o primeiro a romper o silêncio. – Que dia do mês é hoje? – perguntou, voltando-se para Alice. Ele havia tirado do bolso seu relógio e o olhava ansiosamente, sacudindo-o de vez em quando e levando-o até o ouvido.

Alice pensou um pouco e então disse: – Hoje é dia 4.

– Dois dias atrasado! – suspirou o Chapeleiro. – Eu lhe disse que a manteiga não servia para o mecanismo! – acrescentou, olhando zangado para a Lebre de Março.

– Era a *melhor* manteiga – respondeu humildemente a Lebre de Março.

– Sim, mas acontece que caíram algumas migalhas nela – grunhiu o Chapeleiro –; você não devia ter usado a faca de pão na manteiga.

A Lebre de Março pegou o relógio e olhou-o, desolada; então, mergulhou-o na xícara com chá e novamente o consultou, mas o melhor que pôde dizer depois disso foi repetir o seu primeiro comentário: – Era a *melhor* manteiga, você sabe.

Alice ficou olhando por cima do ombro, bastante curiosa. – Que relógio engraçado! – comentou. – Mostra o dia do mês e não mostra a hora!

– E por que mostraria? – resmungou o Chapeleiro. – O seu relógio mostra o ano?

– Claro que não – respondeu Alice, prontamente –; mas isso é porque ele fica no mesmo ano durante muito tempo.

– Com o *meu* acontece a mesma coisa – disse o Chapeleiro.

Alice estava atônita. Parecia-lhe que o comentário do Chapeleiro não tinha nenhum sentido, embora ele se expressasse corretamente. – Eu não o entendo muito bem – disse ela com a maior polidez possível.

– O Rato-do-Mato está dormindo de novo – comentou o Chapeleiro, despejando um pouco de chá quente no nariz do dorminhoco.

No capítulo anterior, a gente ficou sabendo que a ação ocorre em maio, então dá pra pensar que esse **dia 4** seja 4 de maio, dia do aniversário de Alice Liddell, que nasceu em 4 de maio de 1852.

Há vários palpites sobre a inspiração para a criação do personagem **Chapeleiro**. Um diz que tem a ver com Theophilus Carter, comerciante que tinha bolado um despertador que jogava o dorminhoco dentro de uma banheira de água fria. Junta-se à graça meio maluca da invenção o fato de ele andar sempre com uma cartola e por ter mesmo o apelido de *Mad Hatter* [Chapeleiro Louco].

Em inglês, este **rato-do-mato** é um *dormouse*, que foi animal de estimação muito querido no período vitoriano, na Inglaterra. Um pouco parecido com um esquilo, esse bichinho pequetito tem hábitos noturnos, por isso aparece **dormindo** tanto de dia. Além disso, costuma hibernar – note até que o nome dele em inglês tem a ver com dormir, do latim *dormire*.

O Rato-do-Mato balançou a cabeça com impaciência e disse, sem abrir os olhos: – Claro, claro; era exatamente isso que eu ia falar.

– Você já adivinhou a charada? – indagou o Chapeleiro, voltando-se para Alice.

– Não, eu desisto – respondeu Alice. – Qual é a resposta?

– Não tenho a menor ideia – respondeu a Lebre de Março.

Alice suspirou, extenuada. – Acho que você devia fazer algo melhor com o seu tempo – aconselhou –, em vez de desperdiçá-lo com charadas que não têm resposta.

– Se você conhecesse o Tempo como eu – contestou o Chapeleiro –, não estaria falando em perdê-lo, como se *ele* fosse uma coisa.

– Não sei o que você quer dizer – estranhou Alice.

– Claro que não sabe! – reforçou o Chapeleiro, meneando a cabeça com desdém. – Provavelmente você nunca falou com o Tempo!

– Talvez não – respondeu Alice, com cautela –; mas sei que preciso marcar o tempo quando estudo música.

– Ah, isso explica tudo – concluiu o Chapeleiro. – Ele não suporta ser marcado. Veja, se você conseguisse se dar bem com o Tempo, ele faria com o relógio quase tudo o que você quisesse. Por exemplo, suponha que são nove horas da manhã, hora de começar as aulas: você teria apenas de sussurrar uma sugestão para o Tempo e, num piscar de olhos, os ponteiros do relógio disparariam! Uma e meia, hora de almoçar!

(– Quem dera! – comentou consigo mesma a Lebre de Março, num sussurro.)

– Seria magnífico, claro – observou Alice, com ar pensativo. – Mas, veja, se isso acontecesse... eu não teria fome para almoçar.

A ideia de **tempo** perpassa todo este livro e tem muito a ver com a época em que Lewis viveu. Até boa parte do século XVIII, a hora era um assunto local, cada cidade mantinha um relógio solar que lhe dava uma ideia aproximada das horas. Mas, a partir de 1840, as linhas de trem começaram a exigir a padronização das horas para evitar acidentes e também facilitar a vida de todo o mundo que queria viajar e precisava ter certeza da hora em que o trem passaria na sua cidade. Ao mesmo tempo, a Revolução Industrial havia dito que tempo é dinheiro, e agora havia até relógios de ponto nas fábricas. Sem falar nos cronômetros que passaram a ser usados nas viagens no mar e no mapeamento das colônias. Ah, e tinha aquela novidade que congelava o tempo: a fotografia – que Carroll, aliás, abraçou de modo rápido e vigoroso.

– Não imediatamente, talvez – disse o Chapeleiro –; mas você poderia fazer o Tempo parar, marcando uma e meia até quando você quisesse.

– É assim que *você* faz? – perguntou Alice.

O Chapeleiro balançou a cabeça, tristemente. – Eu não! Nós brigamos em março passado... pouco antes de ela enlouquecer... – disse, apontando com a colherinha para a Lebre de Março. – ... Era um grande concerto organizado pela Rainha de Copas, e eu ia cantar:

Brilha, brilha, morceguinho!
Você não está sozinho!

Você talvez conheça a música.

– Já ouvi alguma coisa parecida – disse Alice.

– Ela continua, você sabe – prosseguiu o Chapeleiro –, assim:

Você voa para lá
Com sua bandeja de chá.
Brilha, brilha...

Nesse ponto, o Rato-do-Mato se sacudiu e começou a cantar enquanto dormia: – *Brilha, brilha, brilha, brilha...* – e continuou por tanto tempo, que foi preciso lhe dar um beliscão para ele parar.

– Mas eu não tinha terminado nem a primeira estrofe – disse o Chapeleiro –, quando a Rainha berrou: “Ele está matando o tempo! Cortem-lhe a cabeça!”.

– Que coisa mais selvagem! – exclamou Alice.

– E, depois disso – continuou o Chapeleiro numa voz lamentosa –, o Tempo não faz nada que eu lhe peço! Agora são sempre seis horas, o tempo todo.

Uma ideia brilhante ocorreu a Alice. – É por isso que puseram tantas coisas para o chá? – indagou ela.

Esta **paródia** do Carroll pega um poema das irmãs britânicas Ann e Jane Taylor. As duas nasceram na década de 1780 e escreveram, sozinhas ou em parceria, poemas simples dedicados às crianças, sempre num tom de guia moral e social. Um dos mais famosos é “*The Star*” [A estrela]: “*Twinkle, twinkle, little star/ How I wonder what you are!/ Up above the world so high/ Like a diamond in the sky*”. [Brilha, brilha, estrelinha/ Quero vê-la, amiguinha./ Tão distante voa ao léu/ Diamante do meu céu].

Há quem jure que a escolha das palavras desta paródia tenha a ver com Bob, the Bat [Bob, o Morcego], um brinquedo feito pelo próprio Carroll. O morceguinho podia dar pequenos voos descontrolados. Um dia, em um desses voos, escapou pela janela dos aposentos de Carroll, quase matando de susto um criado da faculdade, que deixou cair das mãos o que carregava. Outra versão acha que o *bat* vem de Bartholomew Price, professor também em Oxford e amigo do Carroll.

A Rainha fala aqui é do tempo enquanto sinônimo de ritmo ou velocidade com que as notas devem ser tocadas ou cantadas em uma composição musical. E o cantor, o Chapeleiro, estava cantando tudo errado, **fora do tempo**.

A ideia de personificação do **tempo** não é nova. Os gregos já tinham Cronos (o tempo do relógio, objetivo) e Kairós (o tempo cuja passagem é sentida por nós, mais subjetivo). Na tradição britânica, ele é o *Father Time* [Pai Tempo].

Dizem que a família Liddell tomava o seu chá da tarde às **6 horas**.

– Sim, é por isso – respondeu o Chapeleiro, com um suspiro –; é hora do chá o dia inteiro, e nós não temos tempo de retirar e lavar as coisas nos intervalos.

A matemática do Hamilton tornava possível que se calculasse a **rotação de objetos** de uma forma puramente algébrica, um avanço interessante que abriu muitas possibilidades, inclusive na mecânica quântica. Mas, para o azedume do Carroll, a ideia inovadora do irlandês se traduzia num problemão para o Chapeleiro, o Rato-do-Mato e a Lebre, que ficam presos ao plano da mesa, em rotação inútil e eterna. Alice até poderia ter chegado e solucionado o problema, se ela conseguisse substituir o Tempo. Sem fazer isso, no entanto, ela só aumenta a bagunça daquela situação.

– Então vocês ficam mudando de lugar, é isso? – concluiu Alice.

– Exatamente – confirmou o Chapeleiro –, pois as louças ficam inutilizáveis.

– Mas o que acontece quando vocês voltam ao ponto inicial? – arriscou-se Alice a perguntar.

– Vamos mudar de assunto – interrompeu a Lebre de Março, bocejando. – Isso já está me cansando. Voto para a moça nos contar uma história.

– Acho que não conheço nenhuma – disse Alice, bastante preocupada com a sugestão.

– Então que o Rato-do-Mato conte! – gritaram a Lebre e o Chapeleiro. – Acorde, Rato-do-Mato! – E eles o beliscaram ao mesmo tempo, dos dois lados.

O Rato-do-Mato abriu lentamente os olhos. – Eu não estava dormindo – disse, em voz rouca e fraca –; ouvi tudo o que vocês disseram, companheiros.

– Conte-nos uma história! – pediu a Lebre de Março.

– Isso, por favor, conte! – reforçou Alice.

– E que seja curta – acrescentou o Chapeleiro –, do contrário você vai voltar a cair no sono antes do final.

– Era uma vez três irmãzinhas – começou o Rato-do-Mato, apressadamente – chamadas Elsie, Lacie e Tillie. Elas viviam no fundo de um poço...

De novo são as três irmãs Liddell: Lorina Charlotte dá L. C. – e essas iniciais, em inglês, soam como ***élci*** –, depois vem o nome da **Alice** com as letras fora de ordem, e **Tillie** tem a ver com Matilda, que é como a família carinhosamente chamava a Edith.

– Do que elas se alimentavam? – indagou Alice, sempre muito interessada em tudo o que se referisse a comer e beber.

– De melaço – respondeu o Rato-do-Mato, depois de pensar por um minuto ou dois.

– Elas não poderiam fazer isso – observou Alice, delicadamente –, porque ficariam doentes.

– Foi o que aconteceu – disse o Rato-do-Mato –; elas ficaram *muito* doentes.

Alice tentou por algum tempo imaginar como seria esse modo de vida tão extraordinário, mas ficou atordoada e continuou: – Mas por que elas moravam no fundo de um poço?

– Sirva-se de mais chá – disse, muito séria, a Lebre de Março, dirigindo-se a Alice.

– Mas eu ainda não tomei nem um pouco – respondeu Alice, ofendida –, portanto não posso tomar *mais*.

– Você quer dizer que não pode tomar *menos* – discordou o Chapeleiro –; tomar *mais* que nada é muito fácil.

– Ninguém pediu a *sua* opinião – disse Alice.

– Quem é que agora está fazendo observações pessoais? – perguntou triunfalmente o Chapeleiro.

Alice não soube o que dizer em resposta, então se serviu de chá e pão com manteiga. Depois, voltou-se para o Rato-do-Mato e repetiu a sua pergunta: – Por que elas moravam no fundo de um poço?

O Rato-do-Mato refletiu novamente por um ou dois minutos e respondeu: – Era um poço de melaço.

– Isso não existe! – começou Alice, muito brava, mas o Chapeleiro e a Lebre fizeram "Chhh!" para ela e o Rato-do-Mato recomendou, irritado: – Se não pode ser educada, é melhor que você mesma conte o final.

– Não, por favor, continue! – disse Alice, com muita humildade. – Não vou interrompê-lo novamente, acho que talvez possa existir *um*.

– Hum!... Faça-me o favor! – disse o Rato-do-Mato, indignado. Contudo, ele concordou em prosseguir com a narração: – E, assim, as três irmãzinhas... estavam aprendendo a desenhar, sabem?...

– O que elas desenhavam? – perguntou Alice, esquecendo a promessa feita.

Carroll também tem enorme desconfiança quanto à existência dos números negativos, apesar de terem sido detectados por chineses, indianos e gregos em tempos remotos – e apesar, também, de os sistemas bancários com direito a empréstimo permitirem saques que deixam saldo negativo serem uma prova concreta da sua existência. A matemática considerada "séria" tinha sempre um chilique com a ideia e **não admitia a existência de números abaixo da linha do zero**. Eles diziam que esses números eram irreais, absurdos, fictícios ou falsos. A virada começa a surgir, de modo lento e reticente, no século XVIII, com o foco maior de resistência sendo justamente na Inglaterra. Mas, ao final do século XIX, a coisa está mais resolvida e aceita.

No original, temos *treacle well* [**poço de melaço**]. Acontece que havia um significado mais antigo para a expressão, que tem a ver com a santa padroeira de Oxford, a Frideswide, que ali viveu em um convento quando o lugar fazia parte do reino da Mércia. A lenda diz que Algar de Leicester partiu para lá com a intenção de levá-la na marra, como esposa. Frideswide fugiu e, com a ajuda de uns anjos que fizeram um frila de guia, foi se esconder na floresta de Binsey. Ao mesmo tempo, uma desgraça aconteceu com o Algar quando ele entrava na cidade – em uma versão ele ficou cego; na outra, com o pescoço quebrado. Mas ela não sabia disso ainda e rezava em Binsey para escapar de boa quando, no meio das orações, surgiu ali um poço com uma água especial, de poderes curativos, que, depois, virou destino de peregrinos em busca de cura.

– Melaço – disse o Rato-do-Mato, desta vez sem precisar pensar.

– Eu quero uma xícara limpa – interrompeu o Chapeleiro –; vamos cada um de nós passar para o lugar ao lado.

Ele mudou de assento enquanto falava, e o Rato-do-Mato o seguiu: a Lebre de Março passou para o lugar do Rato-do-Mato e Alice, a contragosto, tomou o lugar da Lebre de Março. O Chapeleiro Maluco foi o único a ganhar com a mudança; Alice ficou bem pior que antes, pois a Lebre de Março acabara de derrubar a leiteira no seu prato.

Alice não queria ofender mais uma vez o Rato-do-Mato, então começou, com muita cautela: – Eu não entendo. De onde elas retiravam o melaço?

– Pode-se retirar água de um poço de água – disse o Chapeleiro –, e, assim, é de se imaginar que seja possível retirar melaço de um poço de melaço, não é mesmo, idiota?

– Mas elas estavam *dentro* do poço – contestou Alice para o Rato-do-Mato, optando por ignorar a última observação.

– Claro que sim – concordou o Rato-do-Mato. – Elas estavam *bem* no fundo do poço.

Essa resposta confundiu tanto Alice, que ela deixou o Rato-do-Mato prosseguir durante algum tempo, sem interrompê-lo.

– Elas estavam aprendendo a retirar – continuou o Rato-do-Mato, bocejando e esfregando os olhos, pois o sono começava a vencê-lo –, e faziam a retirada de todo tipo de coisas... tudo o que começasse com M...

– Por que com M? – perguntou a menina.

– E por que não? – respondeu a Lebre de Março.

Alice ficou em silêncio.

A essa altura, o Rato-do-Mato havia fechado os olhos e estava começando a cochilar; mas foi beliscado pelo Chapeleiro, o que o fez despertar de novo, soltando um gritinho. Então, ele continuou: – ... que começasse com M, mar, mente, macaco, melancia, muito do muito... Já imaginaram extrair o muito do muito?!

– Para falar a verdade... agora que você me pergunta – disse Alice, confusa –, eu não sei dizer...

Repare aí que, em inglês, o nome da Lebre de Março começa com M: *March Hare*. Por isso ela **defende a prioridade** de quem tem o nome iniciado com essa letra.

Muito do muito: em inglês, o autor usou "*much of a muchness*", que é uma expressão que significa "coisas idênticas" (ou quase idênticas, muito similares), tipo "mais da mesma coisa".

– Então não devia falar – disse o Chapeleiro.

Alice não pôde tolerar essa demonstração de grosseria: levantou-se, muito revoltada, e foi embora. O Rato-do-Mato adormeceu imediatamente e nenhum dos outros dois deu atenção à sua partida, embora ela tenha olhado para trás uma ou duas vezes, com uma certa expectativa de ser chamada de volta; na última vez que os viu, eles estavam tentando enfiar o Rato-do-Mato dentro do bule de chá.

– De qualquer forma, nunca vou voltar *lá*! – disse Alice enquanto entrava na floresta. – Um chá com tantos malucos assim eu não tinha visto em toda a minha vida!

Enquanto dizia isso, ela observou que uma das árvores tinha uma porta de entrada. "Que coisa estranha!", pensou. "Mas hoje está tudo estranho. Acho que posso entrar lá." E entrou.

Estava outra vez na grande sala e notou a seu lado a mesinha de vidro. "Desta vez vou me sair melhor", pensou. Começou pegando a chavinha dourada e destrancando a porta que dava para o jardim. Então se pôs a mordiscar o cogumelo (ela havia guardado um pedaço no bolso) até chegar a trinta centímetros de altura; então caminhou pelo corredorzinho; e *então*... viu-se finalmente no lindo jardim, entre os canteiros de flores coloridas e as fontes frescas.

VII

O CAMPO DE CROQUÉ DA RAINHA

NA ENTRADA DO JARDIM havia uma roseira grande; suas rosas eram brancas, mas três jardineiros que ali estavam pintavam-nas de vermelho. Achando aquilo muito curioso, Alice se aproximou para observá-los e, logo que chegou perto o suficiente, ouviu um deles falar: – Cuidado, Cinco! Você está deixando respingar tinta em mim!

– Não deu para evitar – disse o Cinco, aborrecido. – O Sete cutucou o meu cotovelo.

Isso fez o Sete olhar para cima e dizer: – É sempre a mesma coisa, Cinco! Você apronta, depois joga a culpa nos outros!

– É melhor *você* não falar nada – disse o Cinco. – Ouvi comentários de que a Rainha disse ontem mesmo que você merecia ser decapitado.

– Por quê? – perguntou o jardineiro que havia falado primeiro.

– Isso não é da *sua* conta, Dois! – disse o Sete.

– *É* da conta dele, sim! – disse o Cinco. – E eu vou esclarecer para ele: foi por você ter trazido raízes de tulipa para a cozinheira em vez de cebolas.

O Sete atirou seu pincel no chão e começou a falar: – Bem, de todas as coisas injustas... – quando seu olhar deu com Alice, parada ali olhando-os, e ele se calou de repente; os outros também olharam em torno, e todos fizeram uma profunda reverência.

A correspondência dos naipes do baralho entre o inglês e o português fica assim: *hearts* [corações] é o naipe de copas; *clubs* [clavas, porretes] é o naipe de paus; *spades* [pás] equivale ao nosso espadas e ouros é *diamonds* [diamantes] em inglês. Por conta do significado na língua inglesa, a gente tem os **jardineiros** com as pás/*spades*, a rainha com o coração/*hearts* em estado de paixão desgovernada, os soldados com as clavas/*clubs* e a corte, os nobres (cortesãos), com o naipe de ouros/*diamond*.

Todas as cartas aqui são números primos, que diferem de 1 e têm só dois divisores naturais: o 1 e ele mesmo. Esse é o caso do **2**, do **5** e do **7**. No livro matemático mais querido do Carroll, que é *Elementos*, do Euclides de Alexandria, encontramos na Proposição 20 do Livro IX a sua prova da existência infinita de números primos, que é feita justamente pelo método da contradição (redução ao absurdo). Agora, pensando alto aqui: por que ele não usou o número três em nenhuma das cartas? Não consegui achar nada sobre o tema. Se você achar, me avise!

– Poderiam me contar, por favor – começou Alice, um pouco tímida –, por que estão pintando essas rosas?

O Cinco e o Sete nada disseram, mas olharam para o Dois. O Dois começou, em voz baixa: – Bem, o fato é que, veja, senhorita, esta roseira deveria ser uma roseira de rosas *vermelhas,* e por engano nós plantamos aqui uma de rosas brancas; e se a Rainha descobrisse isso todos nós teríamos a cabeça cortada. É por isso, senhorita, que estamos fazendo o possível, antes que ela venha aqui, para... – Nesse momento, o Cinco, que estivera olhando ansiosamente para o outro lado do jardim, gritou: – A Rainha! A Rainha! – e os três jardineiros imediatamente se atiraram de cara para o chão. Ouviu-se um ruído de muitos passos e Alice olhou em volta, ansiosa por ver a Rainha.

Vieram primeiro dez soldados carregando clavas, tendo todos eles a mesma forma dos três jardineiros: retangulares e achatados, com as mãos e os pés nas extremidades; em seguida vinham dez cortesãos, enfeitados com diamantes em forma do naipe de ouros, caminhando de dois em dois, como os soldados. Depois dos cortesãos foi a vez das crianças da corte, em número de dez, que vinham em pares, de mãos dadas, saltitando sem parar; estavam todas ornamentadas com o naipe de copas. Atrás delas vinham os convidados, principalmente reis e rainhas, e entre eles Alice reconheceu o Coelho Branco, falando depressa e nervoso, sorrindo para tudo o que dizia, que passou por ela sem notá-la. A seguir, vinha o Valete de Copas carregando a coroa do Rei numa almofada de veludo vermelho; e no final desse grande desfile estavam O REI E A RAINHA DE COPAS.

Repare como é legal o Carroll manter esses personagens todos se comportando sempre como as cartas de baralho (**retangulares e achatadas**) que são. De costas, eles não podem ser identificados; quando se deitam, eles se atiram completamente com a cara no chão, como uma carta caída; também conseguem se curvar como uma carta e, mais tarde, veremos que não sabem nadar (porque são feitos de papelão).

Em inglês, o termo usado para designar o **valete de copas** pelo autor é "*knave of hearts*". "*Knave*" quer dizer "valete" em inglês antigo – um rapaz ou homem que trabalha como criado – e, por extensão, é o nome da carta de baralho. Mas o termo mais tarde virou sinônimo de pessoa desonesta, de vilão, e vai fazer todo o sentido aqui, revelando mais um jogo de palavras que é totalmente a cara do Lewis Carroll.

Alice ficou sem saber se devia ou não se atirar com a cara no chão como os três jardineiros, mas não se lembrou de jamais ter ouvido falar dessa norma em desfiles, "e, além disso, de que serviria um desfile", pensou, "se todo o mundo tivesse de se deitar com a cara no chão e, com isso, não pudesse vê-lo?". Assim, ela ficou onde estava e esperou.

Quando o desfile chegou diante dela, todos pararam e a olharam, e a Rainha perguntou, muito séria: – Quem é essa? – Ela disse isso dirigindo-se ao Valete de Copas, que, em resposta, apenas fez uma reverência e sorriu.

– Idiota! – bradou a Rainha, agitando impacientemente a cabeça. Então, voltando-se para Alice, prosseguiu: – Qual é o seu nome, criança?

– Sou Alice, para servir a Vossa Majestade – disse ela, educadamente; mas acrescentou para si mesma: "Ora, são apenas cartas de baralho. Não preciso temê-los".

– E quem são *esses*? – perguntou a Rainha, apontando para os três jardineiros, que, estando com a cara voltada para o chão e tendo desenhos idênticos aos do resto do grupo, podiam ser tanto jardineiros, soldados ou cortesãos quanto as próprias crianças da corte.

– Como é que *eu* posso saber? – respondeu Alice, surpresa com sua própria coragem. – *Eu* não tenho nada a ver com isso.

A Rainha ficou vermelha de raiva e, depois de fulminá-la por algum tempo, começou a gritar, como uma fera: – Cortem-lhe a cabeça! Cortem-lhe...

Estudiosos acreditam que a Rainha foi inspirada no rei inglês Henrique VIII, um grande sanguinário, que mandou **decapitar** muita gente, incluindo duas rainhas, suas mulheres.

– Que bobagem! – disse Alice, em voz bem alta e decidida, e a Rainha ficou em silêncio.

O Rei pôs a mão sobre o braço dela e, timidamente, sugeriu: – Pense bem, querida; ela é uma criança!

Furiosa, a Rainha afastou-se dele e ordenou ao Valete: – Vire-os para cima!

O Valete fez isso com o pé, cuidadosamente.

– Levantem-se! – gritou a Rainha, com voz estridente, e os três jardineiros se puseram de pé imediatamente e começaram a curvar-se para o Rei, a Rainha, as crianças reais e todos os demais.

– Parem com isso! – esbravejou a Rainha. – Estão me deixando tonta. – E então, olhando a roseira, continuou: – O que vocês andam *fazendo* aqui?

– Com a licença de Vossa Majestade – disse o Dois, num tom muito humilde, agachando-se sobre um joelho enquanto falava –, estávamos tentando...

– Já *vi*! – disse a Rainha, depois de examinar as rosas. – Cortem-lhes a cabeça! – E o desfile foi retomado, com três dos soldados permanecendo ali para executar os infelizes jardineiros, que correram para Alice em busca de proteção.

– Vocês não serão decapitados! – disse Alice, e colocou os jardineiros dentro de um grande vaso de flores que havia por perto. Os três soldados vagaram por ali durante um ou dois minutos, procurando-os, depois seguiram tranquilos para se juntar aos outros.

– A cabeça deles foi cortada? – gritou a Rainha.

– As cabeças deles se foram, com a licença de Vossa Majestade! – gritaram os soldados em resposta.

Carroll adorava **jogos** e amava ainda mais criar novas regras para jogos já existentes. Uma dessas invenções era o *Castle Croquet* [croqué castelo], que, virava e mexia, ele jogava com as irmãs Liddell.

– Está bem! – berrou a Rainha. – Você sabe jogar croqué?

Os jardineiros ficaram mudos e olharam para Alice, pois a pergunta, obviamente, era para ela.

– Sei! – gritou Alice.

– Então venha! – urrou a Rainha, e Alice se juntou ao desfile, curiosa por saber o que aconteceria em seguida.

– Que... que dia lindo! – comentou uma voz tímida a seu lado. Era o Coelho Branco, que observava ansiosamente o rosto da menina.

– Muito – disse Alice. – Onde está a Duquesa?

– Chhh! – sussurrou o Coelho, apressadamente. Ele olhava aflito por cima do ombro dela enquanto falava, e então se aprumou na ponta dos pés, encostou a boca na orelha dela e murmurou: – Ela foi condenada à morte.

– Por quê? – Alice quis saber.

– Você disse "Que pena"? – indagou o Coelho.

– Não, não foi o que eu falei – disse Alice. – Não acho absolutamente que seja uma pena. Eu disse: "Por quê?".

Dar um pé de ouvido é dar um tapa no ouvido.

– Ela deu um pé de ouvido na Rainha... – começou o Coelho. Alice riu alto. – Ah, silêncio! – sussurrou o Coelho com voz assustada. – A Rainha vai ouvi-la! Ela chegou muito atrasada, e a Rainha disse...

– Tomem seus lugares! – gritou a Rainha, com uma voz de trovão, e as pessoas começaram a correr em todas as direções, trombando umas nas outras; em um ou dois minutos, contudo, elas se aquietaram e o jogo começou.

Alice considerou que nunca tinha visto um campo de croqué tão estranho em toda a sua vida: havia saliências e reentrâncias em todo o piso; as bolas eram ouriços vivos e os tacos, flamingos vivos, e os soldados dobrados, com as mãos e os pés apoiados no chão, formavam os arcos.

Trata-se aqui do *hedgehog*, às vezes traduzido também como "porco-espinho", apesar de os dois serem bichos distintos: os espinhos dos **ouriços** são menores e aparecem em menor quantidade, além de caírem menos que os dos porcos-espinhos.

A principal dificuldade que Alice enfrentou foi manejar o seu flamingo; apesar de ter conseguido acomodar o corpo dele confortavelmente embaixo do braço, deixando as pernas pendentes, toda vez que erguia o pescoço do animal para usar a cabeça dele para impelir o ouriço, o flamingo *se virava* e a olhava bem de frente com uma expressão tão perplexa que ela não conseguia deixar de cair na risada. E, quando ela já havia baixado a cabeça da ave e ia recomeçar, era irritante ver que o ouriço tinha se desenrolado e se afastava, rastejando; além de tudo, havia sempre uma saliência ou uma reentrância no caminho do alvo para onde ela queria mandar o ouriço, e, como os soldados vergados estavam sempre se movimentando para outras partes do campo, Alice chegou à conclusão de que aquele era mesmo um jogo muito difícil.

Os jogadores jogavam todos ao mesmo tempo, sem esperar sua vez, discutindo sem parar e brigando pelos ouriços, e não demorou nada para a Rainha ficar furiosa e passar a sapatear e a gritar: – Cortem-lhe a cabeça! – a praticamente cada minuto.

Alice começou a se sentir muito inquieta; é verdade que até então não tinha havido nenhuma discussão com a Rainha, mas ela sabia que isso podia acontecer a qualquer momento, "e então", pensava ela, "o que vai ser de mim? Essa gente aqui adora decapitar as pessoas; a grande questão é: como é que ainda há sobreviventes?".

Ela estava pensando em algum modo de fugir e se perguntava se poderia se afastar sem ser vista, quando observou uma ocorrência estranha no ar; a princípio, o fenômeno a intrigou muito, mas, depois de acompanhá-lo por um minuto ou dois, ela entendeu que era um sorriso sem gato, e disse para si própria: "É o Gato de Cheshire; agora eu tenho com quem conversar".

– Como é que você está? – indagou o Gato, assim que sua boca apareceu inteira para ele falar.

Alice esperou surgirem os olhos e meneou a cabeça. "Não adianta falar com ele enquanto suas orelhas não aparecerem, ou pelo menos uma das orelhas", pensou. No minuto seguinte a cabeça inteira estava à vista, então Alice pôs no chão o seu flamingo e começou a fazer um relato do jogo para o Gato, muito contente por ter alguém que a ouvisse. Parecia que o Gato tinha achado suficiente o que já era visível dele, e não mostrou mais nenhuma parte.

– O jogo não me parece justo – começou Alice em tom lastimoso –; todos discutem tanto que uma pessoa não ouve a própria voz... e parece que o jogo deles não tem regras, e, se tem, ninguém se importa com elas... Você não faz ideia de como o fato de todas as coisas serem vivas me confunde; por exemplo, o arco que eu ia atravessar resolveu caminhar para a outra extremidade do campo... e eu certamente acertaria o ouriço da Rainha se ele não tivesse tratado de fugir quando viu o meu ouriço se aproximando!

– Você gostou da Rainha? – perguntou o Gato, em voz baixa.

– Nem um pouco – respondeu Alice. – É tão... – Nesse instante, Alice viu que a Rainha com certeza a ouvia, pois estava bem atrás dela; então prosseguiu: – ... tão provável que ela será a vencedora que quase não vale a pena prosseguir com o jogo até o fim.

A Rainha sorriu e se afastou.

– Com quem você *está* falando? – perguntou o Rei, aproximando-se de Alice e olhando com curiosidade para a cabeça do Gato.

– É um amigo meu... um Gato de Cheshire – respondeu Alice. – Permita-me apresentá-lo.

– Não gosto nem um pouco da aparência dele – declarou o Rei –; no entanto, ele pode beijar a minha mão, se quiser.

– Prefiro não fazer isso – declarou o Gato.

– Não seja insolente – advertiu o Rei –; e não olhe para mim desse jeito! – Enquanto falava, o Rei se escondeu atrás de Alice.

– Um gato pode olhar para um rei – observou Alice. – Já li isso num livro, não me lembro qual.

"Um gato pode olhar para um rei" é um provérbio inglês presente pelo menos desde o século XVI que significa que até as pessoas mais simples e humildes têm seus direitos.

– Bem, ele precisa ser retirado daqui – disse o Rei, com firmeza, e, vendo que naquele momento a Rainha estava passando, ele a chamou: – Querida! Eu gostaria que você mandasse retirar este gato!

A Rainha tinha apenas um modo de resolver as dificuldades, tanto as grandes quanto as pequenas. – Cortem-lhe a cabeça! – ordenou ela, sem nem mesmo olhar ao seu redor.

– Vou buscar o carrasco – disse o Rei, alvoroçado, e saiu às pressas.

Alice achou que seria bom voltar e ver como andava o jogo, pois ouvia a Rainha a distância, gritando, irada. Ela já havia ouvido a Rainha condenar à morte três jogadores por terem perdido a vez, e não gostou nada do desenrolar das coisas, pois o jogo estava numa tal confusão que ela nunca sabia se era a sua vez ou não. Assim, ela saiu à procura do seu ouriço.

O ouriço estava engalfinhado com outro ouriço, e Alice viu nisso uma excelente oportunidade de usar um deles para marcar um ponto com o outro. A única dificuldade era que o seu flamingo tinha ido parar no outro lado do jardim, onde tentava desesperadamente voar para o alto de uma árvore.

Quando ela trouxe o flamingo de volta, a luta havia acabado, e os dois ouriços tinham desaparecido: "Mas isso não tem muita importância, já que todos os arcos deste lado do campo sumiram", pensou Alice. Assim, ela prendeu o flamingo com firmeza embaixo do braço, para que ele não fugisse de novo, e voltou para conversar um pouco mais com seu amigo.

Quando retornou ao lugar onde estava o Gato de Cheshire, ela se surpreendeu ao ver uma grande multidão reunida em torno dele. Ocorre que o carrasco, o Rei e a Rainha estavam discutindo, e os três falavam ao mesmo tempo, ao passo que os demais faziam silêncio total e assistiam àquilo muito contrafeitos.

No momento em que Alice apareceu, os três lhe pediram para resolver o impasse e repetiram seus argumentos, embora (já que falavam todos ao mesmo tempo) ela tenha tido muita dificuldade em entender exatamente o que diziam.

O argumento do carrasco era que não se pode cortar uma cabeça se não há um corpo do qual ela deverá ser separada; uma tal coisa nunca lhe havia acontecido e ele não estava *mais* na idade de começar a lidar com ela.

O argumento do Rei era que qualquer coisa que tivesse cabeça poderia ser decapitada e era preciso parar de falar bobagens.

O argumento da Rainha era que, se nada fosse feito, ela mandaria executar imediatamente todos os que estavam ali em volta dela. (Esta última declaração levou o grupo inteiro a assumir um ar grave e ansioso.)

Alice não pôde encontrar nada mais para dizer além de:
– O Gato é da Duquesa; é melhor perguntar a *ela* o que fazer.

– Ela está na prisão – disse a Rainha para o carrasco. – Traga-a aqui. – E o carrasco saiu em disparada.

A cabeça do Gato começou a desaparecer no momento em que o carrasco ficou fora da vista, e já havia sumido por completo quando ele voltou com a Duquesa; assim, o Rei e o carrasco ficaram correndo furiosos de um lado para o outro, à procura do Gato, enquanto os outros voltaram para o jogo.

IX
A HISTÓRIA DA FALSA TARTARUGA

– VOCÊ NEM IMAGINA como eu estou contente por revê-la, queridinha! – disse a Duquesa ao dar o braço afetuosamente a Alice, e elas começaram a caminhar juntas.

Alice ficou muito satisfeita por encontrá-la tão bem-humorada, e disse para si mesma que talvez tivesse sido apenas a pimenta que a deixara tão grosseira na ocasião do seu primeiro encontro naquela cozinha.

"Quando *eu for* Duquesa", pensou (embora sem muita esperança disso), "não vou querer pimenta na minha cozinha *de jeito nenhum*. Na sopa, não é preciso... Talvez seja por causa da pimenta que as pessoas fiquem irritadas", prosseguiu ela, encantada por ter descoberto uma nova regra, que "o vinagre as deixe azedas... a camomila as deixe amargas... e... a bala de cevada e outras delícias tornem doces as crianças. Eu só queria que as pessoas soubessem *disso*: pois, assim, elas não seriam tão sovinas na hora da sobremesa...".

A essa altura, ela havia se esquecido totalmente da Duquesa, e assustou-se um pouco ao ouvir a voz dela perto do seu ouvido. – Você está pensando algo, minha querida, e com isso se esquece de falar. Não posso lhe dizer agora a moral disso, mas vou me lembrar daqui a pouco.

– Pode ser que não haja moral – arriscou-se Alice a comentar.

Duque ou **duquesa** é, desde 1337, o título no topo da linha da nobreza britânica, seguido de perto pelo de marquês/marquesa, introduzido em 1387. Depois vêm conde, visconde/viscondessa e, ainda, barão e baronesa, que fecham lá embaixo o grupo dos títulos de nobreza do Reino Unido.

A *barley-sugar* é uma **bala** dura ainda à venda em lojinhas tradicionais e tem na receita uma dose de **cevada** (*barley*), que é o que dá a cor amarela a essa delícia – quer dizer, hoje em dia já não há uma gota de cevada na bala... A origem da delícia é francesa, vinda de um convento que já em 1638 produzia *sucre d'orge* [açúcar de cevada] misturando açúcar de cana com cevada para fazer pastilhas contra dor de garganta.

A relação da literatura com o seu tempo é óbvia, e o tempo desta obra é de **moralidades**. Foi uma época de muita repressão dos sentimentos. Havia também a ideia de aprender, melhorar, tirar lições dos próprios erros e ser uma pessoa melhor. E Lewis faz sucesso justamente porque sua literatura não parece querer deixar nenhuma mensagem edificante para as crianças ao final.

– Nada disso, menina! – contestou a Duquesa. – Tudo tem uma moral, é preciso apenas encontrá-la. – E aproximou--se tanto de Alice que comprimiu o seu braço.

Alice não gostou de ficar tão perto da Duquesa; primeiro porque ela era muito feia, depois porque, sendo mais alta, o queixo dela encostava no seu ombro, e era um queixo desconfortavelmente pontudo, mas ela o suportou da melhor maneira possível.

– O jogo está bem melhor, agora – comentou a menina, para animar um pouco a conversa.

– É verdade – concordou a Duquesa –, e a moral disso é... Ah, é o amor, é o amor que move o mundo!

– Alguém disse – sussurrou Alice – que o que faz o mundo se mover é cada um cuidar da própria vida.

– Ah, sim, o que é a mesma coisa – observou a Duquesa, mergulhando seu queixinho pontiagudo no ombro de Alice, enquanto acrescentava: – E a moral *disso* é... “Cuide dos sentidos, que os sons cuidarão de si mesmos”.

“Ela gosta tanto de encontrar moral nas coisas!”, pensou Alice.

– Acho que você está se perguntando por que eu não ponho o braço em volta da sua cintura – disse a Duquesa, depois de uma pausa. – A razão disso é que eu não sei qual é o humor do seu flamingo. Será que posso tentar?

– Pode ser que ele bique – respondeu Alice, cautelosamente, sem nenhuma vontade de que a experiência fosse tentada.

– É bem verdade: o flamingo bica e a mostarda pica – assentiu a Duquesa. – E a moral disso é... “Os dois são farinha do mesmo saco”.

– Mas a mostarda não é uma ave – corrigiu Alice.

– Você está certa, como sempre – declarou a Duquesa. – Vê as coisas com tanta clareza!

– É um mineral, eu *acho* – disse Alice.

Alguém disse que o que faz o mundo se mover é cada um cuidar da própria vida: lá atrás neste livro, a gente tem: “Se todos cuidassem da sua própria vida – disse a Duquesa num rosnado rouco –, o mundo giraria bem mais depressa”.

Cuide dos sentidos, que os sons cuidarão de si mesmos: é uma brincadeira de Carroll com o provérbio inglês “Cuide dos centavos que as libras cuidarão de si mesmas”, que quer dizer que, se a gente economizar os centavos (*pence*), as nossas economias vão crescer e virar libras (*pounds*, valores maiores).

A mostarda não é uma ave: o nosso “são farinha do mesmo saco” é equivalente à expressão britânica que diz que “*birds of a feather flock together*” [pássaros com a mesma pena voam juntos], e é por isso que a Alice dá a resposta que deu.

Em tempos sem internet, o pessoal usava jogos e brincadeiras para se entreter. Uma dessas atividades era quando um indivíduo escolhia um item (pessoa, lugar, objeto...) e o resto da turma podia fazer vinte perguntas para tentar adivinhar o que seria. As respostas só podiam ser sim ou não. Perguntas clássicas de abertura da brincadeira eram: É um **mineral**? É um vegetal? É um animal?

– Claro que é – disse a Duquesa, que parecia disposta a concordar com tudo o que Alice dissesse. – Aqui perto existe uma grande mina de mostarda. E a moral disso é... "Mostarda da mina não mina a saúde".

– Ah, eu sei! – exclamou Alice, que não havia prestado atenção no que a Duquesa acabara de dizer. – É um vegetal. Não parece, mas é.

– Concordo cem por cento com você – disse a Duquesa –; e a moral disso é: "Seja o que você parece ser", ou, se quiser dizer de modo mais simples: "Nunca imagine que você não ser diferente do que poderia parecer para os outros que você fosse ou poderia ter sido não seja diferente daquilo que você tendo sido pudesse ter parecido para eles ser diferente".

– Acho que entenderia melhor – arriscou Alice, educadamente – se visse isso escrito, mas não consigo entender o que a senhora diz.

– Isso não é nada, perto do que eu poderia dizer, se quisesse – ameaçou a Duquesa, parecendo contente.

– Por favor, não se dê ao trabalho de alongar o assunto – pediu Alice.

– Ah, não é trabalho! – disse a Duquesa. – Eu lhe dou de presente tudo o que disse até agora.

"Um presente bem barato!", pensou Alice. "Que bom que as pessoas não dão presentes de aniversário como esse!" – Mas não se arriscou a falar em voz alta o que estava pensando.

– Outra vez pensando? – perguntou a Duquesa, com novo mergulho do queixinho pontudo.

– Tenho o direito de pensar – respondeu Alice rispidamente, pois estava começando a se sentir um pouco incomodada.

– Mais ou menos o mesmo direito – disse a Duquesa – que têm os porcos de voar, e a mo...

O autor brinca com os dois sentidos da palavra *"mine"*, que pode significar "minha" ou "meu" e também "**mina**", de minério. Assim, ele escreve no original *"the more there is of mine, the less there is of yours"* [quanto mais do meu existir, menos haverá do seu], o que é uma espécie de resumo de um conceito que vem da teoria dos jogos: o "jogo de soma zero" – um tipo de interação em que um só ganha quando os outros perdem. Exemplos de jogos assim são xadrez, damas, pôquer e jogo da velha, só para citar alguns, mas o uso da ideia desse conceito vai muito além, porque a teoria dos jogos é uma teoria matemática usada para modelar fenômenos que podem ocorrer quando dois ou mais "agentes de decisão" interagem e é usada para a análise de coisas variadas como eleições, economia, disputas de poder e até evolução genética. Lewis Carroll lançou em 1884 o livreto *The Principles of Parliamentary Representation* [Os princípios da representação parlamentar], no qual aplica essa técnica da soma zero para sugerir uma nova forma mais justa de representação proporcional no Parlamento.

"Be what you would seem to be" [**Seja o que você parece ser**] é um provérbio inglês que nos informa que a única maneira segura de a gente parecer decente e digno é ser, de fato, decente e digno.

Têm os porcos de voar é um adágio da língua inglesa que remonta ao século XVI, pelo menos, e que exprime tanta impossibilidade quanto os nossos "no dia de São Nunca" ou "nem que a vaca tussa".

Mas, para surpresa de Alice, a voz da Duquesa extinguiu-se nesse ponto, bem no meio da sua palavra predileta: "moral", e o braço que estava enlaçado ao dela começou a tremer. Alice ergueu o olhar e lá estava a Rainha diante delas, com os braços cruzados e uma carranca prenunciadora de tempestade.

– Que dia lindo, Majestade! – começou a Duquesa, em voz baixa e fraca.

– Olhe, eu lhe faço uma advertência – gritou a Rainha, sapateando –; você ou a sua cabeça tem de sumir daqui, e num piscar de olhos. Escolha!

A Duquesa fez a escolha e imediatamente foi embora.

– Vamos continuar o jogo – ordenou a Rainha a Alice. A menina estava amedrontada demais para dizer qualquer coisa, e a seguiu, lentamente, de volta ao campo de croqué.

Os outros convidados haviam aproveitado a ausência da Rainha para descansar numa sombra, mas, no momento em que a viram, voltaram atropeladamente ao jogo, tendo a Rainha apenas avisado que um atraso momentâneo lhes custaria a vida.

Durante todo o tempo em que estavam jogando, a Rainha não parou de discutir com os outros jogadores e de gritar: – Cortem-lhe a cabeça! – Aqueles que recebiam essa sentença eram levados sob custódia pelos soldados, que, com isso, evidentemente deixavam de ser arcos, e o resultado foi que depois de cerca de meia hora já não havia mais arcos e todos os jogadores, com exceção do Rei, da Rainha e de Alice, estavam sob custódia e sentenciados à morte.

Então a Rainha parou, quase sem fôlego, e perguntou para Alice: – Você já viu a Falsa Tartaruga?

– Não – respondeu a menina. – Eu nem sei o que possa ser uma Falsa Tartaruga.

Há um mundo de suposições sobre a **rainha** real da Inglaterra na época, a Vitória, ter inspirado essa personagem. Há até uma conversa bem fiada de que ela seria a verdadeira autora desta *Alice no País das Maravilhas*. Outra boato que corre – e que parece mais sólido – é que a rainha não só leu como também gostou tanto, que pediu ao autor que dedicasse a ela a sua obra seguinte. E ele atendeu o pedido dela no seu próximo livro: *An Elementary Treatise on Determinants, With Their Application to Simultaneous Linear Equations and Algebraic Equations* [Tratado elementar sobre as determinantes, com suas aplicações nas equações lineares simultâneas e equações algébricas].

Na metade do século XVIII, os marinheiros britânicos experimentaram e amaram a sopa de tartaruga verde, comum nas tais das Índias Ocidentais (no Caribe). Muitos passaram a levar tartarugas para consumir na viagem, outros começaram a comercializá-las. Pela raridade, o produto logo virou coisa de rico e não havia banquete chique que não servisse a iguaria. Daí, os remediados logo inventaram uma versão pobre da sopa de tartaruga verde, batizada de *mock turtle* [**tartaruga falsa**], feita com pedaços baratos de carne de boi, como cérebro, patas, cabeça. Dizem que reproduzia bem o sabor e a textura do prato original.

– É a matéria-prima da Sopa de Falsa Tartaruga – esclareceu a Rainha.

– Nunca vi, nem ouvi falar dela – disse Alice.

– Siga-me, então – ordenou a Rainha –; ela vai lhe contar a sua história.

Enquanto as duas se afastavam, Alice ouviu o Rei dizer em voz baixa para todo o grupo: – Vocês estão todos perdoados. – "Ah, *que bom*!", pensou ela, pois ficara muito triste ao ver o número de execuções que a Rainha havia ordenado.

Decorrido pouco tempo, elas encontraram um Grifo dormindo profundamente ao sol. (Se vocês não sabem o que é um Grifo, olhem para a ilustração.) – Levante-se, seu preguiçoso! – disse a Rainha –, e leve esta senhorita para ver a Falsa Tartaruga e ouvir a história dela. Preciso voltar e assistir a algumas execuções que ordenei. – E ela se foi, deixando Alice sozinha com o Grifo. Alice não gostou nada do aspecto da criatura, mas ponderou que seria bem mais seguro ficar ali com ele, em vez de ir com a Rainha selvagem; assim, ela esperou.

O mito do **grifo** vem lá de trás no tempo e bebe das tradições babilônicas, assírias e persas, que representavam essa criatura com cabeça e asas de águia sobre o corpo de um leão. Criado para espalhar medo, o grifo tinha fama de ser rápido, enxergar muito bem e ser excelente vigilante. A Igreja também o usou para simbolizar a dualidade da união de Deus e do homem na figura do Cristo, e Dante usa desse ser num dos cantos do Purgatório – aliás, o grifo é uma criatura típica do imaginário medieval e tem presença constante na heráldica.

O Grifo sentou-se e esfregou os olhos; observou a Rainha até ela desaparecer de vista e deu uma risadinha. – Que engraçado! – comentou ele um pouco para si mesmo e um pouco para Alice.

– *Onde* está a graça? – perguntou a menina.

– Ora, *nela*! – respondeu o Grifo. – Essa história é invenção da cabeça dela: eles não cortam nunca a cabeça de ninguém. Venha comigo!

"As pessoas aqui me dizem o tempo todo para ir com elas", pensou Alice enquanto caminhava lentamente atrás do Grifo. "Nunca eu recebi tantas vezes essa ordem; nunca!"

Eles não tinham se afastado muito quando, a distância, avistaram a Falsa Tartaruga sentada numa pedra, triste e solitária. Ao se aproximarem, Alice ouviu-a suspirar, como se o seu coração fosse se partir, e ficou profundamente condoída. – Por que tanta tristeza? – indagou ao Grifo. O Grifo respondeu quase com as mesmas palavras que usara antes: – É invenção da cabeça dela; não tem nada de triste na vida dela. Venha comigo.

Assim, eles foram até a Falsa Tartaruga, que os fitou com grandes olhos inundados de lágrimas e nada disse.

– Essa mocinha aqui – começou o Grifo – está doida para conhecer a sua história.

– Vou contá-la – disse a Falsa Tartaruga, com voz cavernosa. – Sentem-se e não digam uma única palavra antes de eu terminar.

Assim, eles se sentaram, e durante alguns minutos ninguém falou. Alice pensou: "Se não começar a história, não vai terminar nunca...". Mesmo assim, ela esperou pacientemente.

– Houve um tempo – disse finalmente a Falsa Tartaruga, com um suspiro profundo – em que eu era uma Tartaruga verdadeira.

As tartarugas marinhas enfrentam dois problemas: seus rins não são muito eficientes e elas também não têm como expelir uma urina com mais sal do que a concentração da água do mar. Pra contornar isso, elas vêm, então, com olhos equipados com uma glândula que expele íons de sal por meio de **lágrimas** o tempo todo. O lance é que fazem isso lá no mar e ninguém repara. Mas, quando saem da água, o mecanismo continua ativo, e aí quem vê acha que estão chorando. Nada disso! Elas estão felizes cuidando de suas vidas e tratando de equilibrar a quantidade de sal presente nos seus corpos, de boa.

Seguiu-se a essas palavras um silêncio muito longo, rompido apenas por um ou outro *Rjckrrh* do Grifo e pelos fortes soluços da Falsa Tartaruga, que pontuaram toda a narrativa. Alice esteve a ponto de se levantar e dizer: “Obrigada, senhora, pela sua história interessante”, mas não pôde deixar de pensar que mais coisas *deviam* estar para ser relatadas, por isso permaneceu sentada sem nada dizer.

– Quando éramos pequenas – prosseguiu, por fim, a Falsa Tartaruga, mais calma, embora continuasse soluçando de vez em quando –, tínhamos aulas no mar. A mestra era uma Tartaruga velha... Nós a chamávamos de Torturatuga...

Em inglês, *school* [escola, ou **aula**] é também o coletivo de algumas criaturas do mar, como peixes – mas não de tartarugas, uma vez que elas, quando em bando, são chamadas de *bale*. Já em português, o coletivo de peixe é cardume e o de tartarugas é bando.

E lá vem mais brincadeira com as palavras: Lewis usou o termo *tortoise*, que são as **tartarugas** terrestres, ou seja, os nossos cágados, junto com *taught us* [nos ensinou], que tem um som semelhante ao de *tortoise*. O texto traduzido desta nossa edição brincou com o trocadilho de outra forma, com “tartaruga” e “tortura”, o que nos deu o divertido “**torturatuga**”.

– Por que vocês a chamavam de Torturatuga, se ela não era isso? – indagou Alice.

– Nós a chamávamos de Torturatuga porque as aulas dela eram uma tortura – respondeu, muito zangada, a Falsa Tartaruga. – Você é mesmo bem desagradável!

– Você devia ter vergonha de fazer uma pergunta tão boba – acrescentou o Grifo. Depois disso, os dois continuaram em silêncio, olhando para a pobre Alice, que estava com vontade de se enfiar embaixo da terra. Finalmente o Grifo disse para a Falsa Tartaruga: – Vá em frente, coleguinha! Não vamos ficar nisso até o fim do dia! – o que levou a Falsa Tartaruga a prosseguir em seu relato, com as seguintes palavras:

– Sim, nós tínhamos aulas no mar, mesmo que você não acredite...

– Eu nunca falei que não acredito! – protestou Alice, interrompendo-a.

– Falou! – disse a Falsa Tartaruga.

– Segure essa língua! – acrescentou o Grifo, antes que Alice pudesse voltar a falar. A Falsa Tartaruga continuou:

– Tivemos uma educação esmerada... Na verdade, nós tínhamos aulas todos os dias...

– *Eu também* tinha aulas todos os dias – declarou Alice. – Não há razão para você se orgulhar tanto disso.

– E havia matérias extracurriculares? – indagou a Falsa Tartaruga, um pouco ansiosa.

Francês, Música e Lavação: era assim que os custos extras apareciam nas cobranças feitas aos pais de quem estudava em internato. Lavação era a lavagem das roupas da criança.

Lisura e Relação: para fazer os trocadilhos, Lewis usou *reeling and writhing* [cambalear e contorcer] no lugar de *reading and writing* [ler e escrever].

Ambição, Distração, Mumificação e Difilção: Lewis usou *ambition, distraction, uglification, and derision* [ambição, distração, enfeamento e escárnio] para brincar com adição, subtração, multiplicação e divisão.

Vistória Antiga e Vistória Moderna; Gelografia e Resenho / Fritura a Óleo: para fazer os trocadilhos no original inglês, o autor utilizou *mystery* [mistério] em substituição a *history* [história], a palavra inventada *seaography* no lugar de *geography* [geografia] e *drawling* [falar de maneira lenta e arrastada] para *drawing* [desenho]. Já *stretching* [alongamento] representava *sketching* [esboço] e *fainting in coils* [desmaio em bobinas] era uma versão divertida de *oil painting* [pintura a óleo].

– Havia, sim – respondeu Alice. – Nós aprendíamos Francês e Música.

– E também aprendiam a lavar roupa? – quis saber a Falsa Tartaruga.

– Claro que não! – disse Alice, indignada.

– Ah! Então a sua escola não era nada boa – concluiu a Falsa Tartaruga, com grande alívio. – Na *nossa* escola estava escrito, no final do boletim: "*Extras*: Francês, Música e Lavação".

– Morando no fundo do mar, vocês não precisavam disso – argumentou Alice.

– Eu não podia arcar com o necessário para aprender essas matérias – disse a Falsa Tartaruga, com um suspiro. – Assim, frequentei apenas o curso regular.

– E o que havia nele? – perguntou a menina.

– Lisura e Relação, em primeiro lugar – respondeu a Falsa Tartaruga; – depois, os diversos ramos da Aritmética: Ambição, Distração, Mumificação e Difilção.

– Nunca ouvi falar em Difilção! – arriscou-se Alice a dizer. – O que é isso?

Surpreso, o Grifo ergueu as duas patas. – Nunca ouviu falar em Difilção! – exclamou. – Quem sabe você já ouviu falar em Facilção?

– Já – disse Alice, um tanto incerta –; significa... tornar... alguma coisa... mais fácil.

– Bom, então – continuou o Grifo –, se não sabe o que é difilçar, você *é* uma pateta.

Alice não se animou a fazer mais perguntas sobre isso e virou-se para a Falsa Tartaruga, indagando: – O que mais você aprendia?

– Bom, tinha Vistória – respondeu a Falsa Tartaruga contando as matérias com as patas –, Vistória Antiga e Vistória Moderna; Gelografia e Resenho... O professor de Resenho era um congro velho que aparecia uma vez por semana; *ele* nos ensinava a resenhar e a tinturar, e nós também aprendíamos Fritura a Óleo.

– Como era *isso*? – indagou Alice.

O **congro** é um peixe com um corpinho meio que de cobra – cilíndrico, longo e liso, sem escamas. Também chamado de côngrio e enguia-do-mar, é um peixe preguiçoso, de dentes afiados, que vive se arrastando no fundo do mar e se escondendo em tocas.

– Bom, eu não posso lhe mostrar – respondeu a Falsa Tartaruga. – Estou muito destreinada. E o Grifo nunca aprendeu.

– Eu não tinha tempo – disse o Grifo. – Fiz o curso do professor de Línguas Plásticas, dadas por um caranguejo velho.

– Eu nunca frequentei as aulas dele – lamentou, com um suspiro, a Falsa Tartaruga. – Diziam que *ele* ensinava Latinha e Gregório.

– Ensinava, sim, ensinava, sim – confirmou o Grifo, suspirando por sua vez; e as duas criaturas ocultaram a cara atrás da pata.

– Quantas horas por dia duravam as aulas? – perguntou Alice, ansiosa por mudar de assunto.

– Dez horas no primeiro dia – disse a Falsa Tartaruga –, nove no dia seguinte e assim por diante.

– Que horário estranho! – exclamou Alice.

– Por isso é que era uma "descola" – observou o Grifo –; porque a cada dia uma hora era descolada do horário.

Essa ideia era uma grande novidade para Alice, e ela a revirou na cabeça por algum tempo antes de fazer seu comentário seguinte. – Então o décimo primeiro dia devia ser feriado.

– Claro que era! – exclamou a Falsa Tartaruga.

– E como é que ficava o décimo segundo dia? – prosseguiu Alice, ansiosa por saber a resposta.

– Basta por hoje sobre descola – disse o Grifo, interrompendo-a em tom firme. – Agora conte a ela alguma coisa sobre os jogos.

Línguas Plásticas: brincadeira com "línguas clássicas".

Caranguejo velho: expressão inglesa ("*old crab*") que significa pessoa irritada, mal-humorada.

Latinha e Gregório: o autor usou "*laughing and grief*" [riso e tristeza], que em inglês soa um pouco como *Latin and Greek* [latim e grego], as línguas clássicas.

Por isso é que era uma "descola"; porque a cada dia uma hora era descolada do horário: em inglês, Carroll de novo se lança num jogo de palavras com "*lesson*" [lição, aula] e "*lessen*" [diminuição]: "'*That's the reason they're called lessons,' the Gryphon remarked: 'because they lessen from day to day*'". A tradução produziu esse efeito com um "descola" nas horas que são "descoladas" a cada dia do tempo das aulas.

E como é que ficava o décimo segundo dia?: volta aqui a se manifestar o matemático que se incomodava com as novidades do seu campo de especialização e que, outra vez, ri da ideia dos números negativos.

X

A QUADRILHA DAS LAGOSTAS

A FALSA TARTARUGA deu um suspiro profundo e encobriu os olhos com as costas da pata. Olhou para Alice e tentou falar, mas durante um ou dois minutos sua voz foi embargada por soluços. – Parece que um osso parou na garganta dela – disse o Grifo, que se pôs em ação sacudindo-a e dando-lhe tapinhas nas costas. Por fim, a Falsa Tartaruga recuperou a voz e, com lágrimas correndo pelo rosto, continuou:

– Talvez vocês não tenham vivido muito tempo no fundo do mar... – (– Eu não vivi – disse Alice) – ... e provavelmente não foram apresentados a uma lagosta... – (Alice começou a dizer: – Uma vez experimentei... –, mas se interrompeu abruptamente e disse: – Não, nunca...) – ... e, portanto, não têm ideia de como é adorável uma Quadrilha das Lagostas.

– Não tenho mesmo a menor ideia – confirmou Alice. – Que tipo de dança é essa?

– É assim – começou o Grifo. – Primeiro se forma uma fila ao longo da praia...

– Duas filas! – exclamou a Falsa Tartaruga. – Focas, tartarugas, salmões etc.; depois, quando todas as águas-vivas tiverem sido retiradas do caminho...

– O que normalmente leva algum *tempo* – esclareceu o Grifo.

– ... dão-se dois passos à frente...

No século XVIII, surgiu em Paris uma dancinha que virou moda nos bailes dos ricos. Chamada de *quadrille* [quadrilha] e executada por quatro casais, o lance chegou logo à Inglaterra. Acontece, porém, que a quadrilha foi ganhando novas formas. No Brasil, por exemplo, ela desembocou nas festas juninas, onde ganhou vida própria. Até na França ela variou tanto a ponto de dar origem ao famoso cancã. Entre as variações surgiu ainda a *quadrille des lanciers* [quadrilha dos lanceiros], também de grande sucesso na Europa toda e que, na Inglaterra, era chamada de *The Lancers Quadrille.* Aí Carroll foi lá e *bum!*: trocadilhou aquilo por *The Lobster Quadrille* [**A quadrilha das lagostas**].

A **água-viva** é um animal do mar, e, apesar de muitas delas não chegarem causando, existem umas tantas que, se a gente encostar nas danadas, sofre um verdadeiro envenenamento que dói na pele feito uma queimadura brava. Esse encontro nada agradável vira inchaço, vermelhidão, muita dor e ardência. E, nos casos mais graves, aquilo pode destrambelhar para dificuldades de respirar e engolir e até morte por choque anafilático. Ou seja, faz muito sentido retirar as águas-vivas da praia antes de começar a dança.

– Cada um faz par com uma lagosta!... – exclamou o Grifo.

– Claro – concordou a Falsa Tartaruga –; dá dois passos para a frente...

– ... e troca de par e retorna na mesma ordem – continuou o Grifo.

– Então, preste atenção – continuou a Falsa Tartaruga –; os parceiros jogam as...

– Lagostas! – gritou o Grifo, dando um chute no ar.

– ... no mar, o mais longe possível...

– Nadam atrás delas! – berrou o Grifo.

– Dão um salto mortal no mar – exclamou a Falsa Tartaruga, dando cambalhotas sem parar.

– Trocam outra vez de lagosta! – bradou o Grifo, o mais alto que pôde.

– Voltam para a praia e... para a figura inicial – disse a Falsa Tartaruga, baixando a voz de repente. E as duas criaturas, que estavam pulando como doidas o tempo todo, sentaram-se de novo, tristes e imóveis, olhando para Alice.

– Deve ser uma dança muito bonita – comentou Alice, timidamente.

– Você gostaria de ver um pouco? – indagou a Falsa Tartaruga.

– Gostaria muito! – disse Alice.

– Então vamos lá: para a figura inicial! – disse a Falsa Tartaruga para o Grifo. – Dá para fazer sem as lagostas. Quem vai cantar?

– Ah, você canta – respondeu o Grifo. – Eu não me lembro da letra.

Assim, eles começaram solenemente a dançar em volta de Alice, levantando as patas dianteiras para marcar o compasso e pisando nos pés dela de vez em quando, enquanto, bem devagar e em tom triste, a Falsa Tartaruga cantava:

– Pode andar mais rapidinho? – disse o badejo [para a lesma.
– Na minha cauda pisou um golfinho, ou um [delfim, que dá na mesma.

A **paródia** agora tem a ver com a primeira estrofe do poema "*The Spider and the Fly*" [A aranha e a mosca], da inglesa Mary Howitt, publicado em 1829 e que diz: "'*Will you walk into my parlour?' said the spider to the fly/ ''tis the prettiest little parlour that ever you did spy.' 'The way into my parlour is up a winding stair;/ And I've got many curious things to show when you are there.'/ 'Oh, no, no,' said the little fly, 'To ask me is in vain,/ For who goes up your winding stair can ne'er come down again'*". Em tradução livre: "'Você vai entrar na minha sala?', disse a aranha à mosca./ 'Na minha salinha está à sua espera uma deliciosa rosca./ O caminho para minha sala é por uma escada em caracol;/ E lá tem muita coisa gostosa, além de um belo raio de sol.'/ 'Oh, não, não, não', disse a mosca, 'seu convite é em vão,/ Pois quem sobe por essa escada só desce se for num caixão'".

Lagostas e tartarugas formam um grupo que avança!
Já nos esperam ali na areia... Você não vai entrar na dança?...
Você vai, não vai? Vai ou não vai? Você não vai entrar
[na dança?
Você vai, não vai? Vai ou não vai? Você não vai entrar
[na dança?

– Você nem imagina, vai ser tão delicioso, tão gostoso vai
[ficar...
Quando nos pegarem, com as lagostas, e nos jogarem todos
[no mar!
Mas a lesma respondeu: – Isso é longe demais! – e olhou com
[desconfiança...
Agradeceu gentilmente ao senhor badejo, mas não ia para a
[dança.
Ela não queria nem podia. Não queria nem podia. Não
[queria entrar na dança.
Ela não queria nem podia. Não queria nem podia. Não
[queria entrar na dança.

– Qual é o problema de irmos tão longe? – respondeu o
[amigo escamoso.
– Do lado de lá há outra praia, não sabe?... Lá é ainda mais
[saboroso.
Quanto mais longe da Inglaterra, bem mais perto fica a França...
Não tenha medo, amada lesma, e venha entrar na nossa dança.
Você vai, não vai? Vai ou não vai? Você não vai entrar
[na dança?
Você vai, não vai? Vai ou não vai? Você não vai entrar
[na dança?

– Obrigada, é uma dança bem interessante de ver – observou Alice, sentindo-se aliviada com o fim da demonstração. – E essa incrível música do badejo é formidável!

– Ah, quanto ao badejo – disse a Falsa Tartaruga –, eles... claro que você já viu um badejo, não é?

– Sim – confirmou Alice –, eu os vejo muitas vezes no jant... – e interrompeu abruptamente o que ia dizer.

Livros de receitas tradicionais da Inglaterra dizem que badejo (*Merlangius merlangus*) – que é a mesma espécie do *whiting* que o autor cita em inglês – era sempre feito assim, formando uma rodela. Em alguns cantos, falam que **a cauda era colocada na boca** para manter a forma, como se faz com aves e certas carnes. Mas há também a tradição portuguesa de fritar pescada-branca pequena assim, em formato de rodelas que recebem por cima uma **farinha de rosca** que deixa a coisa toda crocante – lembrando ainda que o tradicional *fish and chips* (peixe frito empanado servido com batata frita) britânico foi introduzido pelos imigrantes lusitanos, assim como as viagens dos portugueses nos deram o tempurá japonês. E um detalhe curioso: na terra de Camões, a expressão "pescadinha de rabo na boca" é usada para definir uma situação sem saída, que a gente nem sabe por onde começar a explicar.

– E como eles são costurados? / – Com peixe-agulha, é claro: a tradução busca reproduzir os recursos da língua falada pelo povo inglês na época. No original, temos: "*'And what are they made of?' Alice asked in a tone of great curiosity. 'Soles and eels, of course,' the Gryphon replied rather impatiently: 'any shrimp could have told you that'*". E o **trocadilho** mora aí porque *sole* também é "sola" e em *eels*, no *cockney* (o linguajar da classe mais baixa de Londres), não se pronuncia o agá aspirado típico do inglês e presente no termo *heels* [salto]: eles falam *'eels*. Os ingleses de classe alta e bem estudados estavam mesmo, na época, fascinados pela criatividade e originalidade do *cockney*, que se

– Não sei onde fica Jant – disse a Falsa Tartaruga –, mas, se você os vê com tanta frequência, certamente sabe como eles são.

– Acho que sei – replicou Alice, pensativa. – Eles têm a cauda na boca... e são cobertos com farinha de rosca.

– Você está errada quanto à farinha de rosca – contestou a Falsa Tartaruga –; farinha de rosca seria levada pelo mar. Mas eles, de fato, têm a cauda na boca; e a razão disso é... – Neste ponto, a Falsa Tartaruga bocejou e fechou os olhos. – Explique a ela qual é a razão e conte tudo o mais – pediu ao Grifo.

– A razão é – expôs o Grifo – que eles *entraram* na dança com as lagostas. Por isso foram jogados no mar. E caíram bem longe. Por isso, também, a cauda foi parar na boca. E por isso eles não puderam tirá-la da boca. Isso é tudo.

– Obrigada – disse Alice –; muito interessante. Eu ignorava essas coisas sobre o badejo.

– Posso lhe contar outras coisas, se você quiser – disse o Grifo. – Você sabe o que o badejo tem a ver com os calçados?

– Nunca pensei nisso – disse Alice. – Badejo e calçados?

– Ora, os *seus* sapatos são lustrados com quê? – perguntou o Grifo.

Alice olhou para baixo, para os seus sapatos, e pensou um pouco antes de responder: – Eles são lustrados com graxa preta, pelo que sei.

– No fundo do mar só se usam sapatos claros – prosseguiu o Grifo, com voz grave. – Os *badejos* são esfregados nos calçados para se conseguir um *branquejo* brilhante. Agora você sabe.

– E como eles são costurados? – indagou Alice, demonstrando curiosidade.

– Com peixe-agulha, é claro – respondeu o Grifo dando sinais de impaciência. – Qualquer peixinho poderia lhe dizer isso.

destacava ainda mais em um período em que a língua estava caminhando para uma virada mais normativa, com ênfase no "inglês correto".

– Se eu fosse o badejo – disse Alice, que ainda tinha o pensamento preso à música –, teria dito para o delfim: "Retire-se, por favor! Não queremos *você* conosco!".

– Eles eram obrigados a ter os delfins como companhia – disse a Falsa Tartaruga. – Nenhum peixe sensato vai a lugar algum sem um delfim.

– Verdade? – disse Alice, num tom de grande surpresa.

– Não vai, é claro – respondeu a Falsa Tartaruga. – Ora, se um peixe me encontrasse e dissesse que ia fazer uma excursão, eu lhe perguntaria: "Com que delfim?".

– Não seria "com que fim"? – perguntou Alice.

– Não; eu quis dizer o que disse – respondeu a Falsa Tartaruga, com um ar ofendido. E o Grifo acrescentou: – Vamos lá, conte-nos algumas aventuras suas.

– Eu poderia lhes contar as minhas aventuras... a partir desta manhã – disse Alice, com certa timidez. – Não dá para começar a partir de ontem, porque ontem eu era uma pessoa diferente.

– Explique isso – disse a Falsa Tartaruga.

– Não, não! Primeiro as aventuras – disse o Grifo, num tom impaciente. – As explicações tomam muito tempo.

Assim, Alice começou a contar-lhes suas aventuras a partir da hora em que viu pela primeira vez o Coelho Branco. Fez isso um pouco nervosa, no início, com as duas criaturas, uma de cada lado, quase grudadas nela, com olhos esbugalhados e boca escancarada, mas foi adquirindo coragem à medida que prosseguia. Seus ouvintes permaneceram em total silêncio até a parte da declamação de "Você está velho, Papai José", feita para a Lagarta, em que ela errou a letra. Nesse ponto, a Falsa Tartaruga respirou fundo e disse: – Isso é muito estranho!

– Mais estranho é impossível! – reforçou o Grifo.

– Está tudo diferente! – repetiu, pensativa, a Falsa Tartaruga. – Eu gostaria de que agora ela recitasse alguma coisa para mim. Fale para ela começar. – Ela olhou para o Grifo

Muitas coisas interessantes para comentar aqui.

Primeiro, na língua inglesa, a ave que a gente chama de rola-comum (*Streptopelia turtur*) é *turtledove*. E, na Bíblia, o Cântico dos Cânticos, 2:12, diz assim: "Aparecem as flores na terra, o tempo de cantar chega, e a voz da rola ouve-se em nossa terra". Então, em inglês existe uma referência que os gringos acham que o ministro Lewis Carroll pegou ali na Bíblia, brincando com o trocadilho entre *turtledove* [rola] e *turtle* [tartaruga], ao usar a sentença "*'Tis the voice of the Lobster*" [**É a voz da Lagosta**], no seu texto, ao iniciar esse poeminha.

A segunda coisa é que Carroll parodia outro poema conhecido da meninada da época. Dessa vez, foi com uma obra do Isaac Watts, ministro da Igreja Anglicana que escreveu mais de setecentos hinos religiosos, além de alguns livros, como o *Divine Songs Attempted in Easy Language for the Use of Children* [Canções divinas em uma tentativa de linguagem fácil para uso das crianças], de 1748. Mais exatamente, Carroll usou o poema "*The sluggard*" [O preguiçoso] como sua inspiração aqui, que, traduzido livremente, fica assim: "Esta é a voz do Preguiçoso: eu o ouvi reclamar:/ 'Me acordou cedo quando eu preciso descansar';/ Como a porta na dobradiça, ele relaxa na cama,/ Vira, se ajeita, delícia: dormir é o que mais ama./ 'Um pouco mais de sono, dose extra de preguiça',/ Dias e horas vão-se embora; ele a tudo desperdiça;/ E quando se levanta, cruza as mãos e não faz nada,/ Perdido assim na vida, naquela canseira inventada".

parecendo achar que ele tinha alguma autoridade sobre Alice.

– Levante-se e declame "É a voz das lagoas" – disse o Grifo.

"Como as criaturas daqui gostam de dar ordens e de nos fazer repetir as lições!", pensou Alice. "É exatamente como na escola." Mesmo assim, ela se levantou e começou a declamar, mas sua cabeça estava tão tomada pela Quadrilha das Lagostas, que ela mal sabia o que estava dizendo. De fato, suas palavras saíram muito estranhas:

– É a voz da Lagosta; ela falou, e eu ouvi:
"Você me assou além do ponto, quero creme [no cabelo, aqui."
Como um pato com seus cílios, ela é com seu [nariz,
Dobra os dedos dos pés, se enrola na cintura, [não cai por um triz.
Quando a maré está baixa, ela fica feliz, como [uma cotovia,
Despreza o Tubarão que está longe, e dele nem [se desvia.
Mas, quando a maré sobe e o Tubarão aparece, [e mais outro Tubarão,
Ela fica tremendo, a voz sai fininha e ela tem [um medão!

– É diferente do que *eu* declamava quando era criança – observou o Grifo.

– Bom, *eu* nunca ouvi isso – afirmou a Falsa Tartaruga –, mas é um absurdo do começo ao fim.

Alice não disse nada; ela havia se sentado com o rosto entre as mãos e se perguntava se algum dia as coisas voltariam a acontecer de modo natural.

– Eu gostaria que ela explicasse esses versos – pediu a Falsa Tartaruga.

– Ela não sabe explicar – apressou-se o Grifo a dizer. – Continue. Como é a próxima estrofe?

– Mas e essa história dos dedos dos pés? – insistiu a Falsa Tartaruga. – Como é *possível* que ela vire os dedos dos pés e se enrole com o nariz?

– É a figura inicial da dança – explicou Alice; mas ela estava terrivelmente confusa com tudo aquilo e ansiava por mudar de assunto.

– Vá em frente. Próxima estrofe – repetiu o Grifo. – Começa com: "Passei pelo seu jardim".

Alice não ousou desobedecer, embora tivesse certeza de que aquilo acabaria mal, e prosseguiu com voz vacilante:

Passei pelo seu jardim, e imagine o que eu vi:
A Coruja e a Pantera dividiam a torta na travessa.
A Pantera pegou toda a carne e o molho, só para si.
E a Coruja?... Para ela, sobrou a travessa, ora essa!
A torta acabou, e a bondosa Pantera até deixou
A colher para a Coruja, mais talher nenhum.
A Pantera guardou faca e garfo, e então rosnou
E terminou o banquete dando um sonoro...

– Para *quê* ficar repetindo essa coisa – a Falsa Tartaruga interrompeu Alice –, se você não a explica à medida que vai recitando? É de longe a poesia mais atrapalhada que *eu* já ouvi!

– É verdade. Acho melhor parar – disse o Grifo, e Alice obedeceu na maior alegria.

– Vamos tentar outra figura da Quadrilha das Lagostas? – continuou o Grifo. – Ou você gostaria de que a Falsa Tartaruga cantasse outra música?

– Ah, uma música, por favor, se a Falsa Tartaruga quiser fazer esta gentileza – respondeu Alice, tão apressadamente que o Grifo resmungou, num tom muito ofendido: – Humm! Gosto não se discute! Cante para ela "Sopa de tartaruga", minha velha. Tudo bem?

Entre os sentidos desta palavra, os dicionários ensinam que "**figura**" é cada uma das partes de uma quadrilha da dança francesa. Entre elas, tipicamente havia as figuras *Le Pantalon* [As calças], *L'Été* [O verão], *La Poule* [A galinha], *La Pastourelle* [A pastorinha] e *Finale* [Final].

A "vítima" da paródia desta feita foi *Star of the Evening* [Estrela do anoitecer], obra do contador inglês James M. Sayles, que tinha como *hobby* cantar em coral de igreja e compor sucessos. Em seu diário, Carroll também conta que as irmãs Liddell cantaram pra ele a canção original em 1852, e a letra era assim: "*Beautiful star in heav'n so bright,/ Softly falls their silv'ry light,/ As thou movest from earth afar,/ Star of the evening, beautiful star./ Beautiful star,/Beautiful star,/ Star of the evening, beautiful star*". Traduzindo, bem à vontade: "Lindo é o céu da noite tão estrelada,/ Cai de lá, suave, uma luz prateada,/ Enquanto você se vai para longe, longe./ Estrela da noite, onde ela se esconde?/ Estrela, onde?/ Estrela, onde?/ Estrela da noite, que não me responde". Mas, aqui, a **sopa de tartaruga** pode lembrar o fato de ela também ser a estrela das noites dos banquetes, quando os ricos serviam essa tal gostosura.

A Falsa Tartaruga deu um suspiro profundo e com a voz entrecortada por soluços começou a cantar isto:

Bela Sopa verde, com muita sustância,
Vai ser saboreada por quem tiver constância.
Ela está à nossa espera na terrina quente!
Sopa da noitinha, que bela Sopa para a gente!
Sopa da noitinha, que bela Sopa para a gente!
Beee...la Sooo...pinha!
Beee...la Sooo...pinha!
Sooo...pa da noooi...tinha,
Bela, belíssima Sopinha!

Que bela Sopa! Não precisa de peixe,
De frango ou de carne, não se queixe!
Quem não quer tomar a bela Sopa verde quente?
Sopa da noitinha, que bela Sopa para a gente!
Sopa da noitinha, que bela Sopa para a gente!
Beee...la Sooo...pinha!
Beee...la Sooo...pinha!
Sooo...pa da noitinha!
Bela, belís...sima SOPONA!

– O estribilho, de novo! – berrou o Grifo. Assim que a Falsa Tartaruga começou a repetir o estribilho, ouviu-se a distância um grito: – O julgamento está começando!

– Vamos! – convocou o Grifo. E, tomando Alice pela mão, saiu correndo, sem esperar pelo final da música.

– Que julgamento é esse? – perguntou Alice, ofegante, enquanto corria. Mas o Grifo respondeu apenas: – Vamos! – e acelerou a corrida, enquanto chegavam, cada vez mais fracas, as melancólicas palavras da música, trazidas pela brisa:

Sooo...pa da noitinha,
Bela, bela Sopinha!

XI

QUEM ROUBOU AS TORTAS?

QUANDO ELES CHEGARAM, o Rei e a Rainha de Copas estavam sentados no trono com uma grande multidão reunida à sua volta – todos os tipos de passarinhos e feras, além do baralho de cartas completo: o Valete de pé diante deles, acorrentado, com um soldado de cada lado para vigiá-lo; e, perto do Rei, estava o Coelho Branco, com uma trombeta numa das mãos e um rolo de pergaminho na outra. Bem no centro do tribunal havia uma mesa com uma grande bandeja de tortas: pareciam tão gostosas que Alice ficou morrendo de fome só de olhar para elas. "Seria bom se esse julgamento terminasse logo e eles distribuíssem o lanche!", pensou. Mas, aparentemente, não havia chance de que isso acontecesse; assim, para passar o tempo, ela começou a examinar tudo o que havia por ali.

Até então, Alice nunca estivera num tribunal de justiça, mas havia lido sobre o assunto nos livros e estava muito satisfeita por ver que sabia o nome de quase tudo o que via. "Esse é o juiz, porque é o que usa uma grande peruca", pensou.

O juiz, aliás, era o Rei; ele não parecia muito satisfeito com a coroa colocada em cima da peruca, e, realmente, o arranjo não era nada elegante.

"Essa é a tribuna dos jurados", pensou Alice. "E essas doze criaturas" (foi obrigada a

---

Já falamos um pouco aqui da moda europeia das **perucas para os aristocratas**. Na Inglaterra, ela chegou com tudo durante o reino do Carlos II (1660-1685), e os advogados e juízes, como classe alta, as adotaram. Aliás, a turma da lei curtiu tanto o apetrecho que, mesmo depois que a modinha sumiu, eles seguiram naquele hábito peruqueiro – o que faz do acessório uma espécie de marca registrada de autoridade da profissão, tendo a peruca virado, inclusive, coisa obrigatória nos tribunais, escrita em lei, apesar de o modelo ter mudado um tanto, ficando mais curto e ganhando um rabicó. Mais recentemente, chegou outra inovação, que foi a introdução opcional de modelos que já não mais usam a crina de cavalo na sua confecção. Fora isso, em 2007 a peruca levou uma lambada, deixando de ser obrigatória no Reino Unido nos casos das varas cível e da família. Mas a verdade é que o que pode às vezes parecer ridículo é também visto como um símbolo forte por muitos dos profissionais da área, que têm o maior orgulho de usar a peruquete naquele ambiente de julgamento.

---

dizer "criaturas" porque havia ali mamíferos e aves) "eu suponho que sejam os membros do júri". Ela repetiu as últimas palavras para si mesma duas ou três vezes, muito orgulhosa do seu feito; pois considerou, e com razão, que muito poucas meninas da sua idade sabiam o significado delas. Contudo, "jurados" teria sido igualmente adequado.

Chamada também de pedra ou laje, a **lousa** era uma chapa de ardósia usada individualmente pelos alunos. Foi introduzida na Inglaterra quando eles resolveram dar aulas para crianças pobres, justamente nesse período, o vitoriano. A pedra foi escolhida porque papel era coisa cara, a preparação da pena para a escrita envolvia faca e era coisa de adulto – fora o fato de que o tinteiro dava espaço para sujeiras mis e o conjunto de objetos (pena + pote de tinta + papel) exigiria a existência de carteiras. Já a lousa era utilizada sobre a perna do aluno (no caso aqui, dos jurados), que nela escrevia com uma espécie de lápis feito também de ardósia. O problema era que a pedra quebrava, era dura e fria, difícil de transportar. Então os franceses resolveram fazer uma lousa "artificial" – e, assim, surgiu o quadro-negro, onde se escrevia com giz.

Os doze jurados escreviam em lousas com muita atenção. – O que eles estão fazendo? – sussurrou Alice para o Grifo. – Não podem ter nada para registrar, antes do início do julgamento.

– Estão registrando o nome deles – sussurrou o Grifo, em resposta –, pois temem se esquecer de fazer isso antes do final do julgamento.

– Bobalhões! – disse Alice em voz alta, com indignação; mas logo se conteve, pois o Coelho Branco gritou: – Silêncio no tribunal! –, e o Rei pôs os óculos e olhou ansioso para todos os lados, querendo ver quem havia falado.

Alice via, tão bem como se estivesse olhando por cima do ombro dos jurados, que todos estavam registrando "Bobalhões!" na lousa, e ela pôde até ver que um deles não soube escrever "Bobalhões" e precisou pedir ajuda ao vizinho. "Não quero nem pensar na bagunça que estará nessas lousas antes do final do julgamento!", pensou.

Um dos jurados tinha um lápis que rangia. Isso, é claro, Alice não podia suportar, então ela deu a volta no tribunal e se pôs atrás dele, e logo encontrou uma oportunidade de lhe tomar o lápis. Fez isso com tanta rapidez que o pobre jurado (era Bill, a Lagartixa) não chegou a perceber o que havia acontecido; assim, depois de procurar por toda parte o lápis, ele foi obrigado a escrever com o dedo durante o restante do dia – o que pouco adiantou, pois nada ficou registrado na lousa.

Nas monarquias da Idade Média, o **arauto** era uma espécie de diplomata que levava e trazia declarações de guerra e paz, por exemplo. Hoje, o cargo ainda existe no Reino Unido, mas trata apenas de questões cerimoniais.

– Arauto, leia a acusação! – ordenou o Rei.

Com isso, o Coelho Branco soprou três notas na sua trombeta e, em seguida, desenrolou o pergaminho e leu o seguinte:

A Rainha de Copas fez bastantes tortas,
Fez todas elas num dia de verão.
O Valete de Copas roubou as tortas
Nenhuma delas está mais lá – oh, não!

– Decidam qual é o veredito – disse o Rei para o júri.

– Ainda não, ainda não! – interrompeu-o, apressadamente, o Coelho. – Muita coisa precisa acontecer antes disso!

– Chame a primeira testemunha – determinou o Rei; o Coelho Branco soprou três notas na trombeta e chamou: – Primeira testemunha!

A primeira testemunha era o Chapeleiro. Ele surgiu com uma xícara de chá numa das mãos e uma fatia de pão com manteiga na outra. – Peço desculpas, Majestade – começou ele –, por estar aqui com isso, mas eu não tinha terminado o meu chá quando foram me buscar.

– Deveria ter terminado – recriminou o Rei. – Quando foi que você começou?

O Chapeleiro olhou para a Lebre de Março, que, de braço dado com o Rato-do-Mato, o seguira até o tribunal. – Catorze de março, acho eu – respondeu.

– Quinze – corrigiu-o a Lebre de Março.

– Dezesseis – disse o Rato-do-Mato.

– Registre-se isso – determinou o Rei para o júri; e o júri registrou animadamente nas lousas as três datas, depois as somou e então reduziu a resposta a xelins e *pennies*.

– Tire o chapéu – ordenou o Rei ao Chapeleiro.

– Não é meu – disse o Chapeleiro.

– *Roubado!* – exclamou o Rei, virando-se para o júri, que, imediatamente, fez uma anotação sobre o fato.

Na mitologia dos *vikings*, Frigga era a deusa dos céus e do amor, além de protetora dos casamentos e das crianças. Esposa preferida do Odin, rei dos deuses, ela tinha o ganso como seu animal sagrado e é considerada a Mamãe Gansa original na Alemanha. Mas essa personagem ganhou o mundo foi mesmo quando o advogado e escritor francês Charles Perrault lançou o livro *Contos da Mamãe Gansa*, no século XVII. A coletânea de histórias resiste até hoje e segue forte, perpetuando contos de fadas como *A Bela Adormecida*, *Cinderela*, *O Pequeno Polegar*, *Chapeuzinho Vermelho*, *O Gato de Botas* e *Barba Azul*. Depois disso, a imaginária Mamãe Gansa ganhou vida própria, com novos livros e histórias surgindo como se ela fosse uma autora de verdade. Apareceram também cantigas de roda que seriam produto da imaginação da mesma Gansa, e a coisa chegou ao ponto de, em inglês, *Mother Goose rhymes* ser sinônimo de cantigas de roda. E acontece que este poeminha "**A Rainha de Copas fez bastantes tortas**" é uma das cantigas de roda antigonas de "autoria" dessa Gansa tão talentosa e que surge aqui sem paródia nem nada.

Até 1971, o dinheiro britânico não se baseava no sistema decimal. As contas eram meio complicadas, com 1 libra equivalendo a 20 **xelins**, que, por sua vez, valiam 12 ***pennies*** (ou centavos). Enunciados de exercícios dados na escola diziam então: "Reduza a libras e xelins o valor de 145 xelins". Aí era preciso dividir os 145 xelins por 20 para ver que o resultado era 7 libras e 5 xelins, por exemplo.

– Eu fico com eles para vender – acrescentou o Chapeleiro, como explicação. – Nenhum deles é meu. Eu sou chapeleiro.

Nesse ponto, a Rainha pôs os óculos e começou a olhar fixamente para o Chapeleiro, que empalideceu e ficou nervoso.

– Dê o seu testemunho – disse o Rei –; e não fique nervoso, pois, do contrário, será imediatamente executado.

Isso não parece ter encorajado nem um pouco a testemunha, que continuou passando o peso do corpo de um pé para o outro, enquanto olhava com ansiedade para a Rainha, e, em sua confusão, mordeu um grande pedaço da xícara de chá no lugar do pão com manteiga.

Exatamente nesse momento, Alice experimentou uma sensação muito estranha, que a deixou bastante intrigada até perceber do que se tratava: ela estava começando a aumentar de tamanho novamente. Então, ocorreu-lhe a ideia de se levantar e deixar o tribunal; mas, pensando melhor, ela resolveu ficar onde estava, enquanto coubesse ali.

– Seria ótimo se você não me apertasse tanto – pediu o Rato-do-Mato, que estava sentado ao lado dela. – Está difícil até de respirar.

– Não posso fazer nada – justificou-se Alice, com delicadeza –; eu estou crescendo.

– Você não tem o direito de crescer aqui – argumentou o Rato-do-Mato.

– Não diga bobagens – disse Alice, com mais audácia –; você sabe que também está crescendo.

– Sei, sim, mas *eu* cresço num ritmo razoável – alegou o Rato-do-Mato –, não dessa maneira ridícula. – E levantou-se, muito amuado, e foi para o outro lado do tribunal.

Durante todo esse tempo, a Rainha não havia deixado de encarar o Chapeleiro, e, exatamente enquanto o Rato-do-Mato atravessava a sala, ela disse para um dos funcionários do tribunal: – Traga-me a relação dos cantores do último concerto! –, o que fez o deplorável Chapeleiro tremer tanto que seus sapatos saíram dos pés.

– Dê o seu testemunho – repetiu o irritado Rei –; do contrário, você será executado, estando ou não nervoso.

– Eu sou um pobre homem, Majestade – declarou o Chapeleiro, em voz trêmula –, e não tinha começado a tomar o meu chá... Isso foi há não mais de uma semana... com o pão e manteiga... que está ficando cada dia mais fino... e o chiado do chá da chaleira...

– O chiado do *quê*? – indagou o Rei.

– *Primeiro*, foi o chá da chaleira que chiou – respondeu o Chapeleiro.

– Claro que é o *chá da chaleira* que chia primeiro – disse o Rei, bruscamente. – Você acha que eu sou burro? Prossiga!

– Eu sou um pobre homem – prosseguiu o Chapeleiro –, e a maioria das coisas chiou depois disso... só que a Lebre de Março disse...

– Eu não disse! – interrompeu-o a Lebre de Março, precipitadamente.

– Disse, sim! – contestou o Chapeleiro.

– Nego isso! – sustentou a Lebre de Março.

– Ela nega – confirmou o Rei. – Omita essa parte.

– Bom, de qualquer forma o Rato-do-Mato disse... – prosseguiu o Chapeleiro, olhando ansiosamente em redor para ver se também o Rato-do-Mato iria negar; mas ele não negou coisa alguma, pois já caíra no sono.

– Depois disso – continuou o Chapeleiro –, eu cortei mais um pedaço de pão com manteiga...

– Mas o que foi que o Rato-do-Mato disse? – perguntou um dos jurados.

– Não me lembro – respondeu o Chapeleiro.

– Você *tem a obrigação* de se lembrar – observou o Rei –; do contrário, vou mandar executá-lo.

O infeliz Chapeleiro largou o chá e o pão com manteiga e, ajoelhado, repetiu: – Eu sou um pobre homem, Majestade.

– Você é *paupérrimo* para usar as palavras – disse o Rei.

Isso foi aplaudido por um dos porquinhos-da-índia, imediatamente contido pelos funcionários do tribunal. (Vou explicar como foi feita essa contenção: os funcionários tinham uma grande sacola de lona fechada com cordões; enfiaram o porquinho-da-índia nela, começando pela cabeça, e em seguida sentaram-se em cima dela.)

"Que bom que vi fazerem isso", pensou Alice. "Já li muitas vezes nos jornais, no final de julgamentos: 'Houve um princípio de aplauso, imediatamente contido pelos funcionários do tribunal', e nunca havia entendido o que isso significava."

– Se o que você sabe sobre o caso é somente isso, pode descer do banco das testemunhas – prosseguiu o Rei.

– Mas eu não subi em nenhum banco – protestou o Chapeleiro.

– Então *saia* de onde está – replicou o Rei.

Outro porquinho-da-índia aplaudiu e foi contido.

"Ótimo! Já não temos mais porquinhos-da-índia", pensou Alice. "Agora, as coisas vão andar mais rápido."

– Eu preferiria terminar o meu chá – manifestou o Chapeleiro com um olhar ansioso para a Rainha, que estava lendo a relação dos cantores.

– Pode ir – disse o Rei, e o Chapeleiro apressou-se a se retirar do tribunal sem nem mesmo calçar os sapatos.

– ... e simplesmente corte a cabeça dele lá fora – acrescentou a Rainha para um dos funcionários; mas o Chapeleiro já não estava visível quando o funcionário chegou à porta.

– Chame a próxima testemunha! – ordenou o Rei.

A testemunha seguinte era a cozinheira da Duquesa. Ela trazia na mão a caixa de pimenta, e, antes mesmo de entrar no tribunal, pelo modo como as pessoas que estavam próximas à porta começaram imediatamente a espirrar, Alice adivinhou de quem se tratava.

– Dê o seu testemunho – disse o Rei.

– Nada disso – declarou a cozinheira.

O Rei olhou ansioso para o Coelho Branco, que o orientou em voz baixa: – Majestade, é preciso fazer perguntas a *essa* testemunha.

– Bom, se é preciso, é preciso – disse o Rei com ar melancólico, depois de cruzar os braços e franzir as sobrancelhas para a cozinheira até seus olhos quase desaparecerem. Ele perguntou com voz grave: – As tortas são feitas do quê?

– De pimenta, principalmente – respondeu a cozinheira.

– Melaço – disse, atrás dela, uma voz sonolenta.

– Prendam esse Rato-do-Mato! – guinchou a Rainha. – Decapitem esse Rato-do-Mato! Tirem esse Rato-do-Mato do tribunal! Contenham-no! Espremam-no! Arranquem os seus bigodes!

Durante alguns minutos, o tribunal inteiro ficou em tumulto expulsando o Rato-do-Mato; quando tudo voltou a se acalmar, a cozinheira havia desaparecido.

– Não tem importância! – concluiu o Rei, parecendo muito aliviado. – Chame a próxima testemunha. – E, então, acrescentou a meia voz para a Rainha: – Na verdade, querida, *você* precisa fazer perguntas à próxima testemunha. Isso me dá muita dor de cabeça.

Alice ficou observando o Coelho Branco enquanto ele estava todo atrapalhado com a lista de testemunhas, curiosa para saber quem seria a próxima "... porque *até agora* não houve grandes revelações", pensou. Imaginem a surpresa com que ela ouviu o Coelho Branco pronunciar, no volume mais alto da sua vozinha, o nome "Alice"!

XI
O TESTEMUNHO DE ALICE

– ESTOU AQUI! – GRITOU ALICE, completamente esquecida, com toda aquela agitação, de que havia crescido demais. Ela deu um pulo com um impulso tão grande que a barra da sua saia roçou a tribuna dos jurados, arremessando os membros do júri sobre a multidão que estava embaixo, e ali eles ficaram, estatelados, o que fez Alice se lembrar do aquário com um peixinho-dourado que ela havia derrubado sem querer na semana anterior.

– Ah, me *desculpem*, por favor! – exclamou, desalentada, e começou a levantá-los o mais rapidamente possível, pois o acidente do peixinho-dourado continuava rondando sua cabeça e lhe ocorreu a ideia de que eles precisavam ser imediatamente agrupados e postos de volta na tribuna dos jurados, senão morreriam.

– O julgamento só poderá prosseguir – disse o Rei, com expressão muito séria – quando todos os jurados estiverem de volta no seu devido lugar. *Todos* – repetiu ele enfaticamente, olhando com firmeza para Alice.

A menina olhou para a tribuna dos jurados e viu que, na pressa, havia posto a Lagartixa de cabeça para baixo, e a coitadinha estava abanando o rabo, melancolicamente, sem poder se mexer. Ela a retirou da tribuna e colocou-a do jeito certo. "Não que isso signifique grande coisa", pensou. "Acho que, para o julgamento, *tanto faz* se ela estiver assim ou assado."

Logo que se recuperaram um pouquinho do choque de terem caído e se viram de posse de suas lousas e lápis novamente, os membros do júri começaram a trabalhar com afinco para narrar a história do acidente; todos, com exceção da Lagartixa, que parecia cansada demais para fazer outra coisa que não fosse ficar sentada com a boca aberta, olhando para o teto do tribunal.

– O que você sabe sobre a questão? – indagou o Rei para Alice.

– Nada – respondeu Alice.

– Nada *mesmo*? – insistiu o Rei.

– Nada mesmo – confirmou Alice.

– Isso é muito importante – disse o Rei, virando-se para o júri. Os jurados começavam a escrever nas lousas, quando o Coelho Branco os interrompeu: – *Des*importante, Vossa Majestade quer dizer, claro – objetou ele em tom respeitoso, franzindo as sobrancelhas e fazendo caretas para o Rei enquanto falava.

– *Des*importante, é claro, foi o que eu quis dizer – corrigiu-se o Rei, e continuou falando em voz baixa, para si mesmo: – Importante... desimportante... desimportante... importante... – como se querendo ver qual palavra soava melhor.

Alguns membros do júri escreveram "importante" e outros "desimportante". Alice viu isso, pois estava perto o suficiente para enxergar o que estava nas lousas; "mas isso não tem a menor importância", pensou ela.

Nesse momento, o Rei, que por algum tempo estivera atarefado escrevendo na sua caderneta, gritou: – Silêncio! – e leu em seu livro: – Regra Quarenta e Dois. *As pessoas com mais de um quilômetro e meio de altura devem deixar o tribunal.*

Todos olharam para Alice.

– Eu *não* tenho um quilômetro e meio de altura – disse a menina.

– Tem, sim – contestou o Rei.

– Quase três quilômetros de altura – acrescentou a Rainha.

– Bom, de qualquer maneira, não vou sair – protestou Alice –; além do mais, essa não é uma regra de fato: você acabou de inventá-la.

– É a regra mais antiga do regulamento – disse o Rei.

– Então ela deveria ser a Número Um – argumentou Alice.

O Rei empalideceu e fechou apressadamente a caderneta. – Deliberem sobre o veredito – disse ele para o júri, em voz baixa e trêmula.

– Outros testemunhos ainda devem ser dados, se Vossa Majestade permitir – informou o Coelho Branco, saltando com grande agitação –: este papel acabou de chegar.

– O que há nele? – indagou o Rei.

– Ainda não o abri – respondeu o Coelho Branco –; mas parece ser uma carta, escrita pelo prisioneiro para... para alguém.

– Deve ter sido isso, sim – disse o Rei –; a menos que ela não tenha sido escrita para ninguém, o que não é comum, você sabe.

– Para quem ela é endereçada? – indagou um dos membros do júri.

– Ela não está endereçada – respondeu o Coelho Branco –; na verdade, não há nada escrito *do lado de fora*. – Ele desdobrou o papel enquanto falava e acrescentou: – Não é uma carta, na verdade, é uma série de versos.

– Eles têm a letra do prisioneiro? – perguntou outro membro do júri.

– Não, não é a letra dele – afirmou o Coelho Branco –, e isso é que é o mais estranho no caso. – (O júri inteiro pareceu perplexo.)

– Ele deve ter imitado a caligrafia de alguém – aventou o Rei. (O júri inteiro animou-se, novamente.)

– Por favor, Majestade – suplicou o Valete –, não fui eu que escrevi esta carta, e não se pode provar que tenha sido eu: não há nenhum nome assinado no final.

– Se você não assinou – disse o Rei –, isso só piora as coisas. Você *devia* estar tencionando fazer algo errado, do contrário teria assinado seu nome como um homem honesto.

Houve aplausos gerais: era a primeira coisa realmente inteligente dita pelo Rei naquele dia.

– Isso *prova* a culpa dele, é claro – concluiu a Rainha –; assim, cortem-lhe...

– Isso *não prova* absolutamente nada! – contestou Alice. – Ora, vocês nem sabem o que dizem os versos!

– Leia-os – ordenou o Rei.

O Coelho Branco pôs os óculos. – Por onde devo começar, Majestade? – indagou.

– Comece do começo – disse o Rei com toda a seriedade –, e prossiga até chegar ao final; então, pare.

Houve um silêncio mortal no tribunal enquanto o Coelho Branco lia estes versos:

Contaram que você esteve com ela
E sobre mim com ele foi falar.
Ela falou bem de mim, ela foi bela,
Mas disse que eu não sabia nadar.

Ele avisou a todos que não fui embora
(E nós sabemos que isso é verdade):
Se ela voltasse a esse assunto agora,
O que seria de você na realidade?

Dei uma a ela, a ele deram duas,
Depois disso, você nos deu três ou mais;
Todas voltaram dele pra você – são todas suas –,
Mas, antes disso, eram minhas, demais.

Se eu ou ela estivermos por acaso
Envolvidos em todo esse assunto
Ele confia em que você os livrará do caso,
Igual a como nos livramos em conjunto.

Eu pensava que você havia sido
(Bem antes de um chilique ela ter)
Um obstáculo que tinha aparecido
Entre ele e nós, e isso tudo acontecer.

Ele não deve saber que ela gostava demais deles,
Pois tudo isso para sempre estará
Escondido deles todos... oh, aqueles...
E, entre mim e você, um segredo será.

Contaram que você esteve com ela: alguns anos antes da publicação desta *Alice*, Carroll já havia publicado, em um jornalzinho chamado *The Comic Times* [Os tempos cômicos], um poema que ele havia feito como paródia de uma música que fazia sucesso desde o começo do século XIX e que se chamava "*Alice Gray*". Composta por William Mee, a canção começava assim: "*She's all my fancy painted her, she's lovely, she's divine,/ But her heart it is another's, she never can be mine./ Yet loved I as man never loved, a love without decay,/ Oh, my heart, my heart is breaking for the love of Alice Gray*" [Ela é tudo o que eu mais queria, é suprema, adorável, divina,/ Mas o coração dela é de outro, ela nunca será minha menina./ Ainda assim amei com ardor, amor forte e bom, ah, como amei./ Oh, meu coração vive agora partido pelo amor dessa Alice Gray]. E, aqui, a carta que o Lewis inventou começa muito parecida com os dois primeiros versos da canção: "*She's all my fancy painted him/ (I make no idle boast);/ If he or you had lost a limb, Which would have suffered most?*".

– Essa é a prova mais importante que vimos até agora – disse o Rei, esfregando as mãos –; assim, agora que o júri...

– Se qualquer um deles puder explicar esses versos – propôs Alice (ela havia crescido tanto nos minutos anteriores, que não receava nem um pouco interrompê-lo) –, eu lhe darei um dinheirinho. Não acredito que haja um pingo de sentido neles.

Os jurados anotaram nas lousas: "*Ela* não acredita que haja um pingo de sentido nos versos", mas nenhum deles tentou explicar o que estava escrito no papel.

– Se não há sentido – disse o Rei –, isso nos poupa muito aborrecimento, pois assim não precisamos tentar encontrar sentido. Mas eu não sei – prosseguiu, espalhando os versos em cima dos joelhos e espiando-os –; afinal, me parece que há algum sentido neles, "... disse que eu não sabia nadar..."; você não sabe nadar, sabe? – acrescentou, virando-se para o Valete.

O Valete balançou a cabeça, entristecido. – Dou essa impressão? – perguntou. (Sem dúvida, ele *não* dava, sendo totalmente de papel-cartão.)

– Até agora, tudo bem – disse o Rei; e continuou murmurando os versos para si mesmo: – "E nós sabemos que isso é verdade"... "isso" se refere ao júri, é claro... "Se ela voltasse a esse assunto"... no caso, a Rainha... "O que seria de você?"... É isso mesmo, o que aconteceria?... "Dei uma a ela, a ele deram duas"... ora, isso deve ser o que ele fez com as tortas...

– Mas na continuação: "Todas voltaram dele pra você" – completou Alice.

– Ora, ali estão elas – disse o Rei, triunfalmente, apontando para as tortas na mesa. – Não existe nada mais claro que isso. E também: "antes de um chilique ela ter"... me parece que você nunca teve nenhum chilique, querida – disse ele para a Rainha.

– Nunca! – gritou a Rainha, encolerizada, atirando um tinteiro na Lagartixa. (O infeliz Bill havia desistido de escrever na lousa depois de ver que seu dedo não imprimia nada; então, voltou a escrever, apressadamente, usando a tinta que pingava de sua cara até o gotejamento cessar.)

– Se você nunca ficou demente, então a poesia *mente* – disse o Rei, sorrindo, enquanto varria a sala com o olhar. O silêncio foi total.

– É um jogo de palavras! – acrescentou o Rei, em tom zangado, e todos riram. – Que o júri delibere seu veredito – repetiu o Rei, pela vigésima vez naquele dia.

– Não, não! – contestou a Rainha. – Primeiro a sentença... o veredito depois.

– Que disparate! – exclamou Alice em voz alta. – A sentença antes do veredito!

– Cale-se – ordenou a Rainha, e seu rosto começou a arroxear.

– Não! – disse Alice.

– Cortem-lhe a cabeça! – berrou a Rainha, o mais alto que conseguia.

– Quem é que se importa com *vocês*? – disse Alice (àquela altura, ela já havia chegado ao seu tamanho normal). – Vocês não passam de um maço de cartas!

Assim que ela declarou isso, o baralho inteiro de cartas voou pelos ares e caiu em cima dela, cobrindo-a. Alice deu um gritinho, de medo, mas também de raiva, e tentou afastar as cartas, mas então se viu no banco, deitada com a cabeça no colo da irmã, que afastava amorosamente de seu rosto algumas folhas secas caídas das árvores.

– Acorde, Alice querida! – disse a irmã. – Puxa, que sono longo você teve!

– Ah, eu tive um sonho tão diferente! – respondeu Alice. E contou para a irmã tudo o que recordava, todas as aventuras que vocês acabaram de ler. E, quando terminou, a irmã deu um beijo nela e disse: – Foi um sonho diferente, mesmo!; mas agora corra para casa: está na hora do chá. – Alice levantou-se e saiu correndo para casa; e, enquanto corria, ia relembrando o sonho maravilhoso que tivera!

*

A irmã ficou imóvel onde estava; com a cabeça apoiada na mão, admirava o sol se pôr e pensava na pequena Alice e em todas as suas maravilhosas aventuras, até que também ela começou, de certo modo, a sonhar, e este foi o seu sonho:

Primeiro, a irmã sonhou que Alice estava com as mãozinhas em cima dos joelhos e os olhos claros e animados olhando para os dela... Ela ouvia os tons da voz de Alice e via aquela singular sacudidinha de cabeça que ela dava para afastar o cabelo que se soltava e *sempre* acabava caindo em cima dos olhos... e, enquanto ouvia – ou parecia ouvir –, tudo o que a cercava ganhou vida, encarnando as estranhas criaturas do sonho de sua irmãzinha.

A grama alta sussurrava a seus pés quando o Coelho Branco passou apressado... o assustado Camundongo avançou espadanando pelo lago... ela ouvia o retinir das xícaras de chá, com a Lebre de Março e seus amigos compartilhando sua refeição interminável, e a voz estridente da Rainha ordenando a execução dos seus infelizes convidados... mais uma vez o leitãozinho espirrou deitado no joelho da Duquesa, enquanto pratos e travessas se chocavam à volta dele... mais uma vez o guincho do Grifo encheu o ar, o lápis da Lagartixa rangeu na lousa e os porquinhos-da-índia foram sufocados, tudo isso misturado ao soluço distante da infeliz Falsa Tartaruga.

Espadanar > espalhar respingando.

Assim, ela ficou ali sentada, com os olhos fechados, e quase acreditou estar no País das Maravilhas, embora sabendo que bastaria abri-los de novo para que tudo voltasse à entediante realidade – a grama estaria apenas sussurrando ao vento e o lago encrespando-se ao ondular dos caniços... o retinir das xícaras de chá se converteria no tilintar dos sininhos dos carneiros, os gritos agudos da Rainha virariam a voz do pastorzinho... e o espirro do leitãozinho, o guincho do Grifo e todos os outros ruídos estranhos se transformariam (ela sabia) no confuso alarido das atividades do campo... ao passo que os mugidos do gado a distância substituiriam os soluços aflitivos da Falsa Tartaruga.

Por fim, ela imaginou essa mesma irmãzinha sendo já uma mulher e conservando, ao longo da vida adulta, o coração simples e amoroso da infância; reunindo em volta dela outras crianças pequenas e fazendo os olhos *delas* brilharem e se animarem com muitas histórias interessantes, talvez até com o País das Maravilhas sonhado na sua infância; sentindo todas as suas tristezas e encontrando prazer em todas as suas alegrias, por se lembrar dos dias felizes da sua própria vida de criança.

FIM

Coelho Branco

É ele que leva Alice para essa grande aventura. Além de estar sempre atrasado – ou achar que está –, o Coelho Branco tem medo de tudo.

Alice

Ao mergulhar numa aventura *nonsense*, Alice foge das convenções da época. Ao mesmo tempo que questiona tudo o que está acontecendo, ela se insere nos grupos de personagens e interage corajosamente com eles.

Lagarta

Sentada em cima de um cogumelo, fuma calmamente um narguilé. Esnoba Alice, mas acaba dando a solução de que a menina precisa para diminuir (ou aumentar) de tamanho.

Gato de Cheshire

Um gato que aparece e desaparece, com a capacidade de fazer sumir o corpo em partes, até ficar apenas o seu sorriso.

Valete

Assistente do rei e da rainha, é, como eles, apenas uma carta de baralho.

Rei

Sem autoridade, o Rei vive à sombra da Rainha. Quando ela não está, sua atitude é mais livre e independente.

Rainha de Copas

Impulsiva e autoritária, seu lema é mandar seus valetes cortarem a cabeça de todos.

Chapeleiro Louco, Lebre de Março e Rato-do-Mato

Amigos que passam o dia à mesa tomando chá, porque sempre é hora do chá. Isso porque o Chapeleiro discutiu com o Tempo, que se vingou fazendo o tempo parar para eles na hora do chá.

MARIA CRISTINA GUIMARÃES CUPERTINO é formada em ciências sociais pela Universidade de São Paulo (USP). Sua atividade no setor editorial teve início na década de 1990, quando trabalhou como preparadora de originais para o Círculo do Livro. Posteriormente traduziu, entre inúmeros outros títulos, *O grande Gatsby*, de Scott Fitzgerald, e *Um amor de Swann*, de Marcel Proust (ambos pela Alaúde, selo Tordesilhas), *As razões do Direito*, de Manuel Atienza (Princípio), *Uma passagem para a Índia*, de E. M. Forster (Globo) e *O Máscara de Ferro* (Panda Books).

FÁTIMA MESQUITA é uma colecionadora profissional de letras e sentenças. Apaixonada por línguas em geral e mais ainda pelo português, essa mineira de Belo Horizonte tem vasta experiência como redatora, escritora, jornalista, tradutora, pesquisadora, roteirista de rádio e TV, e ainda no ensino de português, redação e história. No seu currículo há trabalhos feitos para BBC World Service Trust, Unicef, Discovery Channel Canada, Rádio e TV Bandeirantes, Grupo Abril, TV Cultura de SP, Fiocruz, entre outras empresas. Curiosa e *workaholic*, é das suas muitas leituras que extrai informação para as notas e comentários das coleções de clássicos da Panda Books. É autora de onze livros publicados para crianças e jovens, com traduções na Alemanha e na China. Já morou em várias partes do Brasil, além de ter tido endereço fixo em Angola, na Inglaterra e, por vinte anos, no Canadá. Agora está de volta ao Brasil, cheia de planos para mais livros.

PEDRO NEKOI é artista visual e diretor de arte em Recife, mas reside em São Paulo. Com uma paixão ardente pelas cores, formas e padronagens, ele comunica as suas emoções mais íntimas por meio do surrealismo, criando novos universos e mundos pessoais. Dedica-se a colaborar com clientes e marcas que partilham de seus valores e de sua visão, tendo feito trabalhos para o *The New York Times*, a Netflix, o Spotify, entre outros.

FERNANDO NUNO é editor e escritor. Desde a série Imortais da Literatura Universal, da Editora Abril, trabalha na edição de grandes clássicos. Foi o editor do Círculo do Livro e coordenou a série Clássicos da Literatura Universal, de 1998, da *Folha de S.Paulo*. Dirigiu a redação do site infantojuvenil da *Encyclopaedia Britannica* no Brasil e fez premiadas adaptações de clássicos e traduções modernas de William Shakespeare. É autor de *O quintal da minha casa*, também publicado na França, entre outras obras.

SILVANA SALERNO é escritora de literatura infantil e juvenil. Publicou quarenta livros, dentre eles dezenove adaptações de clássicos. Cursou letras e jornalismo na USP, estudou história da arte em Florença e mitologia na Grécia. Foi finalista do Jabuti, recebeu o Cátedra 10 Unesco-PUC de Clássicos, menções de Altamente Recomendável (FNLIJ) e Melhores do Ano de publicações especializadas. Edita livros desde 1992, quando fundou o Estúdio Sabiá, e ministra oficinas de escrita criativa, crônica e adaptação literária na Universidade do Livro (Unil-Unesp) e no Centro de Pesquisa e Formação do Sesc-SP.

A